中公文庫

手習重兵衛

刃舞

新装版

鈴木英治

中央公論新社

目次

手習重兵衛　刃舞《やいばまい》

第一章

一

風がうなっている。

心地よい酔いを醒《さ》ましかねない冷たさだ。肩を一つ震わせる。提灯《ちょうちん》が揺れ、間近《まぢか》の町屋をゆらりと照らしだした。

明日からもう師走《しわす》だ。

さらに風が強くなってきた。追われるように足をはやめる。

あたりに人影はない。四つが近づいている。

風に巻かれた木の葉が追い越してゆく。どこからか犬の吠《ほ》え声《ごえ》がきこえてきた。それに応ずるように空が再びうなりをあげる。

夜空を見あげた。この冬はじめてきく音だ。明日の朝は相当冷えこむのだろう。

それにしても、と思った。実にいい酒だった。あれだけ上等の酒は久方ぶりだ。いや、はじめてかもしれない。思いだしたら、唾《つば》がわいてきた。

よそからもし誘われたとしても、必ずお断りしてくださいよ。

あれは心からの言葉だろう。必要とされているとわかるのは実に気持ちのよいものだ。あたたかみがじんわりと心を満たし、つかの間、寒さを忘れた。

「おい、おまえ」

いきなり横合いから声がかかった。

「刀を置いてゆけ」

ぎくりとして足をとめ、暗がりを見つめる。

「置いてゆけば、命までは取らぬ」

男にしてはやや高いが、じっとりと粘りつくような声だ。

額のあたりが冷たく感じられ、酔いが一瞬にして醒めた。腰の刀に左手を置き、腰を沈める。

「何者だ」

「そうきかれて答える者がおると思うか」

男は、町屋にはさまれたせまい路地に身をひそめている。

「姿を見せろ」

いいざま提灯を向けた。

途端に、張り手でも食らったように提灯が横へ飛んでいった。地面で弾《はず》み、すぐに炎をあげはじめる。

炎がしぼみ、代わって闇が圧倒的な重みで迫ってきた。

いや、ちがう。男が発する殺気がかたまりとなって立ちはだかっているのだ。その怨念《おんねん》ともいえるすさまじさに、胸を圧《お》されるものを覚えた。

足を踏んばり直し、にらみつける。

「なぜこれをほしがる」

「そんなのは、おまえが一番わかっておるのではないか」

その通りだ。

「数寄者《すきしゃ》か」

「ちがう」

「頼まれたのだな。誰にだ」

「どうでもよかろう、そんなことは」

男が一歩踏みだしてきた。視野に足先が入る。草履《ぞうり》を履いていた。

顔を見ようとしたが、そのあたりは深い闇にすっぽりと包まれている。

「どうする。置いてゆくのか、それとも死ぬのか」

「決まっておろう」

腹から声をしぼりだす。

「無駄なことを」

「こう見えても、遣《つか》うぞ」

「らしいな。当外流《とうがいりゅう》とかいう一刀流の免許皆伝だそうだな」

むっ、と男を見直す。

「相手のことを知る。そのくらい、事前にやっておかねばな」

つまり、ここ最近、身辺を探られていたということか。

ぎりと唇《くちびる》を噛《か》む。そんな気配にはまったく気づかなかった。

「そんなに悔しがることはない。平穏に慣れた今の侍で、気づける者など滅多《めった》におらぬ」

その通りだろうが、その言葉はなんの慰《なぐさ》めにもならない。

「はやくすませちまおう」

夕餉《ゆうげ》のことでも口にするように軽くいって男が前に出てきた。

「ぐずぐずして邪魔が入るのだけは勘弁してもらいたいゆえな」

まだ二間ほどへだてており、顔は見えない。

なにかが暗闇に光った。

刀だ。男はすでに抜き放っていたのだ。

情けないことに膝《ひざ》が震え、自分の足でなくなったように地面を踏んでいる感じがない。

これまで三十七年生きてきたが、真剣を向け合ったことは一度もないのだ。

男がさげすむように鼻を鳴らす。

「置いてゆきさえすれば、命を失うことはないぞ。俺としても無駄な殺生《せっしょう》はしたくない」

その言葉に反発するようにじりと足場をかためる。

刀は侍の命だ。むざと渡してたまるか。

そんな思いが心の奥底からわきあがってきた。

「なんだ、やる気か」

その機に乗じて抜刀しようとしたが、いきなり左肩に強烈な衝撃を感じた。

ずんと重い鉛のかたまりでものったかのようで、体が縮む。

知らず両膝をついていた。

目の前に赤黒い水たまりができていた。それが自分の血であると気づくのに数瞬要した。

いったいなにがどうなったのか。

左肩から右の脇腹近くまで、大きな傷口があいている。そこからおびただしい血が噴きだしている。

自分の身に起きたとはとても信じられない。いや、信じたくない。

血とともに痛みが流れだしたかのように感覚がなく、まるで体が無になってしまったようだ。

風にあおられた紙のように、あっけなく前のめりに倒れた。立ちあがろうともがいたが、もはやどこにも力が入らない。

いつの間にか男が眼前に立っていた。ごろりと体を転がされ、仰向《あおむ》けにされた。

「いただくぞ」

刀が腰から抜かれる。

手を伸ばそうとしたが、無駄でしかなかった。喉《のど》がつまり、咳《せ》きこんだ。口から血がほとばしる。

「おっと、汚されては困る。……ふむ、苦しそうだな」

しゃがみこんだか、男がのぞきこんできた。

右頰《みぎほお》に深い谷のようにくっきりと傷が刻まれている。

「心配するな。今、楽にしてやる」

逆手に持ち替えた刀を男が高くかざしたのが、うっすらと見えた。

二

どうにも眠れず、重兵衛《じゅうべえ》は寝返りを打った。横の壁を見つめる。

浮かんできたのは一人の男の顔である。こちらを見て、にやにや笑っている。

重兵衛は瞳《ひとみ》に力をこめ、にらみつけた。そうしたところで笑みは消えない。

重兵衛は目をそむけることなく、男を見続けた。

遠藤恒之助《えんどうこうのすけ》。

相変わらず血を欲するような顔をしている。どこでなにをしているのか。それがわかるのなら、今すぐ乗りこんでゆきたい。

いや、今はただ待てばいい。

やつは必ずまたあらわれる。心の底から俺を殺したがっているのだから。

やつのために最も親しい友だった松山市之進《まつやまいちのしん》が死に、弟の俊次郎《しゅんじろう》が死に、そして目付の同僚だった山田平之丞《やまだひらのじょう》も死んだ。

三人とも死ななくてもよい者たちだった。

弟のことを思うと、今も涙が出る。俊次郎は俺の無実を信じたまま、死んでいった。遠藤に追いつめられ、どんな思いだっただろうか。泣きだしたくなるほど怖かったのではないか。小さい頃は泣き虫だった。大事にしまい入れていた斉藤源右衛門《さいとうげんえもん》の文《ふみ》を奪われ、どんなにか無念だったことだろう。

平之丞だって、俺が声をかけさえしなければ殺されることはなかった。

もしあのとき、と重兵衛は思い返した。源右衛門や市之進たちに囲まれたあのとき、黙ってつかまっていれば三人は死なずにすんだのだろうか。その後の源右衛門の死もなかったのだろうか。

直属の上司だった源右衛門も俺の無実を信じていたからこそ、市之進の死のからくりに気づき、遠藤に殺されたのだ。

重兵衛は半身を起こし、唇を嚙み締めた。

ちがう。

四人が死んだのは、遠藤恒之助という男の存在があったればこそだ。この手で四人の仇《かたき》を討たなければならない。

無実の身となって、およそ一月たった。

──大手《おおで》を振って国へ帰れる。

あのとき感じた高揚感。今は跡形もなく消えている。

消え残った燃えかすのように心によどんでいるのは、遠藤恒之助に対する復讐心《ふくしゅうしん》だ。どうしてもこの手で殺してやりたくてならない。その思いの激しさは、獲物の骨を嚙み砕かんまでに飢えた狼も同様だ。

床の間の刀架《とうか》に目を向ける。そこには一振りの刀がかけられている。

重兵衛は起きあがり、刀を手にした。

すらりと抜く。つくりは見とれるほどすばらしいが、いかにも華奢《きゃしゃ》な刀身だ。

この刀では、と重兵衛はこれまで何度も感じたことをあらためて思った。あの妖剣ともいうべき剣に対抗できうるはずもない。

わかってはいるが、今のところ手元にある得物《えもの》と呼ぶべきものは、脇差《わきざし》を除けばこれだけだ。この刀で遠藤恒之助を討たなければならない。

ただし、この刀では地蔵割りは無理だ。

もっとも、地蔵割りでは遠藤に勝つことはできない。なにか工夫をする必要がある。

それはよくわかっているのだが、今のところ、思いつくものはない。

それにしても、遠藤恒之助におのれの剣が通用せぬとは。これまでの厳しい修行はいったいなんだったのか。

気分を変えるために重兵衛は闇のなか、刀の手入れをはじめた。瞳がらんらんと輝いているのが自分でもわかる。夜に息づく獣にでもなったような気分だ。

手入れを終え、刀身を眺めた。

日が射したようにきらりと光が走る。はっとしたが、それは自らの瞳から発せられたもののようだ。

重兵衛は座ったまま刀を構え、虚空に浮かぶ遠藤恒之助に向けて振りおろした。空を切った。もう一度振りおろす。またもかわされた。

何度も繰り返したが、結果は同じだった。今の自分ではやつを討てない。

絶望感が心を浸し、どうしようもない焦燥感《しょうそうかん》が体に満ちる。

遠藤の笑いは続いている。自信たっぷりの顔だ。

重兵衛は腹に力をこめて、にらみ返した。

心を落ち着けるために息を入れる。

深い呼吸を繰り返しているうち、気持ちは平静なものになった。

刀架に刀を戻し、重兵衛は再び夜具に横たわって腕枕をした。

遠藤のことばかり考えているのはつらい。重兵衛は別のことを心に浮かべようと努力した。

母は元気だろうか。

遠藤恒之助以外のことで頭を占めているのは、常に母のことだ。

無実の罪を晴らしてから、母には一度文を送ったきりで、まだ会いに行っていない。

母からはすぐに返事があった。その文には、あなたのしたいようにしなさい、家のことは心配せずとも大丈夫、というようなことが記されていた。

その言葉を額面通りに受け取るわけにはいかないが、正直なところ重兵衛は安堵《あんど》の思いを覚えた。今は、どうあっても村に居続けるしかないのだ。

問題は、遠藤を討ったあとだ。

村を離れ、国に戻るべきなのか。

自分が継がなければ興津《おきつ》家はどうなるのか。

家督《かとく》を放棄するだけの思いきりは今の重兵衛にはない。家の存続を至上とする武家の血が体をめぐっている以上、こればかりはどうすることもできない。

一度国に帰り、すぐさま村に戻ってくることも考えたが、最低でも半月、いろいろやらなければならないことを考え合わせると、一月は白金堂《しろがねどう》を留守にしなければならない。

その間、手習子はほったらかしだ。

それに重兵衛自身、高島《たかしま》に帰ることで里心がつくことを怖れていた。村のことなど忘れ、そのまま侍としての暮らしに戻ってしまうのではないか。

いや、里心以前に、もう若くはない母を一人置いて白金村《しろがねむら》に戻ってくることなど、まずできることではない。

三

「こりゃまたすげえ手練《てだれ》の仕業《しわざ》だな」

同心の河上惣三郎《かわかみそうざぶろう》は死骸《しがい》の傷口をじっと見つめた。

場所は飯倉《いいぐら》五丁目。西方六阿弥陀《あみだ》の二番目として知られる善長寺《ぜんちょうじ》の南側に当たる路上である。

「ほんとですねえ」

中間《ちゅうげん》の善吉《ぜんきち》が同意する。

「わかるのか、おめえに」

「これだけすさまじい傷を見りゃ、いくら心得がないっていったってわかりますよ」

唇をとがらせて善吉が続けた。

「それに剣に心得がないのは、旦那だって同じでしょうが」

「なにいってんだ、おめえは。剣に関しちゃあ俺はまだ本気をだしてねえだけだって、何度もいってるだろうが」

「はいはい、そうでしたね。――あっ、旦那、紹徳《しょうとく》先生が見えましたよ」

「適当な相づち打ちゃがって……」

ぶつぶついってから惣三郎は立ちあがり、検死役の医師を迎えた。

「ご苦労さまです」

いつものように紹徳は小者《こもの》を一人連れている。

「こちらですか」

むっと顔をしかめた。

「こりゃまたすごい……」

そういって死骸のそばに膝をつく。

紹徳の目の前にあるそれは、血だまりをつくって路上に横たわる浪人らしい男のものだ。

「こういってはなんですが、見事としかいいようがない袈裟《けさ》斬りですな。仏はほとんど痛みを感ずる間もなくあの世に逝《い》かれたはずです。――しかし、賊《ぞく》は心の臓にとどめの一撃を見舞っておりますな」

「とどめですか」

紹徳が男の胸を指さした。

「ここですよ。あばらに触れぬよう、ものの見事に刀を突き通しています」

無念そうに首を振る。

「慈悲深いのか、容赦《ようしゃ》がないのか……」

人の命など虫けら同然と思ってのことなのか、それとも苦しませないためなのか。

「殺されたのは、おそらく五つから八つまでのあいだ、といったところでしょうな」

紹徳が死骸をあらためながらいう。

「殺されてから三刻はまちがいなく経過しています」

今は六つ半をすぎたあたりだろう。朝はやくから呼びだされ、惣三郎はまだ朝飯も食っていない。

もっともこんな死骸を朝っぱらから見せられて、食欲は失《う》せている。これまで殺しは何度も扱っているが、いまだに死骸には慣れない。

紹徳が立ちあがった。

「河上さん、おききになりたいことはございますか」

惣三郎は、今はありません、と答えた。

「では、これで引きあげさせていただきますよ。河上さん、下手人は必ずひっとらえてくださいね。こういう殺し方をする者はとても許せるものではありません」

常に冷静な紹徳にしては珍しく口調が荒く、頬がやや赤い。

「わかりました。おまかせください」

紹徳は小者をうながして立ち去った。

惣三郎は死骸に目を戻した。

「殺されたのは、おそらく四つ頃だな」

「どうしてわかるんです」

「もし六つや五つだったら人通りが多いからな、こんな大道《だいどう》で殺されていたら誰かが見つける。それに、人目がありすぎて殺すことさえおぼつかねえだろう。多分、殺されたのは四つすぎだろう。どこかで飲んでいたのか……」

「するとこの仏さん、この近所に住んでいたのかもしれませんね」

「木戸を一つか二つ抜けたところに住みかがあるのかもしれねえ」

惣三郎は目をあげ、あたりを見まわした。

「ところで旦那、この仏さん、刀を差してませんねえ」

「そうなんだよな」

それは惣三郎も気にかかっていた。

「下手人が持ち去ったんですかね」

「ああ、十分考えられるな。気楽な着流し姿だから、もともと差してなかったというのもありうるが」

惣三郎はしゃがみこみ、男の懐《ふところ》に手を入れた。巾着《きんちゃく》らしい物に触れる。引っぱりだしてなかを見た。

「小銭ばっかりだ。ほかにはなにも持っちゃいねえな。……ところで善吉、竹内《たけうち》の野郎はまだか」

竹内とは、惣三郎の先輩同心だ。

「みたいですねえ」

「あの野郎、朝はやい事件はいつも俺に押しつけやがる。まったく頭にくる野郎だぜ」

「でもいいじゃないですか」

善吉が気楽にいう。

「竹内さまが見えないんなら、手柄は旦那のものなんですから」

「手柄か。ふん、つまらんな。金になるとか出世につながるとかいうのなら、楽しみもあるってえもんだが、下手人をとっつかまえたからってなにが変わるってわけじゃねえ」

「でも、江戸の平安を守るために旦那は精だしてるんですよね。以前、重兵衛さんにそんなこといってたじゃないですか」

「そんなこといったか。覚えてねえや。――重兵衛といやあ、久しく会ってねえな。善吉、行ってみるか」

「惣三郎、どこへ行くんだって」

惣三郎はぎくりとして振り返った。

「これは竹内さん」

すばやく立ちあがって小腰をかがめる。

「重兵衛って、白金村の手習師匠だよな」

「よくご存じで」

「これから行くつもりなのか」

「滅相もない。殺しの探索をほっといて、そんなことできやしませんよ」

「相変わらず調子のいい野郎だ。紹徳先生は見えたのか」

「ええ、とっくにお帰りになりましたよ」

とっくに、を強調して惣三郎は紹徳の言葉を伝えた。

「そうか。これがとどめの一突きか」

死骸を見つめて、竹内が端整な顔をわずかにゆがめた。

「死骸を見つけたのは誰だ」

「蔬菜《そさい》売《う》りの若い百姓です。話をきいて、すぐ商売に向かわせました。なにも見ちゃいません」

「だろうな。見つけたのは何刻《なんどき》だ」

「六つ前ってところです」

竹内はうなずいた。

「ところで惣三郎、これからどうするつもりだ」

「とりあえず、仏の身許調べですね。それから気になる点が一つ。これは、この善吉が気がついたんですが」

惣三郎は善吉の手柄として話した。

「なるほど、確かに刀がねえな。下手人が持ち去ったのかな」

「身許が知れれば、それもわかるかもしれません」

隣町の芝森元町《しばもりもとちょう》に入ったとき、自身番から町役人が飛びだしてきた。

「あの、河上さま、今きいたばかりなのですが、飯倉五丁目で男の人が殺されたというのはまことでございますか」

「ああ、本当だ。その件で来たんだが、心当たりがあるのか」

「ええ、昨夜《ゆうべ》から家に戻らないお人が町内にいるものですから」

浪人で、名は膳場六太郎《ぜんばろくたろう》とのことだ。生業《なりわい》は傘張り。

「家族は」

「女房が」

「そうか。子供は」

いえ、と町役人は首を振った。

惣三郎は町役人とともにさっそくその長屋に向かった。

八つの店《たな》が向き合う裏店だが、なかなか日当たりのいいところで、建ってから間がないような清潔感があった。どぶ臭さもあまり感じない。

町役人が、右側の三番目の店の前に立った。傘、と大書《たいしょ》してある障子戸《しょうじど》を叩《たた》き、おたけさん、と呼んだ。

すぐに応《いら》えがあり、まだ若いと思える女が顔をだした。

惣三郎は目の前に立った。

「あの、うちの人になにか……」

惣三郎は一度唇を嚙み締めるようにしてから、事情を説明した。

「というわけでな、確かめてほしいんだ」

女房は信じられないといわんばかりに目を大きく見ひらいている。

「おたけさん、さあ」

町役人が悲しげにうながす。

女房はうなずき、路地にふらふらと出てきた。ゆっくりと歩きだしたが、足取りはおぼつかず、なにもないところでつまずいた。町役人が横から支える。

女房はこらえきれなくなった様子で、通りに出てすぐに嗚咽《おえつ》を漏《も》らしはじめた。

死骸は飯倉町の自身番に運びこまれていた。

惣三郎はつめている五人の町役人に、ご苦労だな、と声をかけてからむしろを払った。

「どうだ」

おたけは目をみはった。そのまま体を硬直させていたが、柱が取り払われた家のようにいきなり土間に崩れ落ちた。

あなた、あなた。死骸に取りすがる。ただ寝ているだけのはずだというように死骸を激しく揺さぶった。

その願いがかなえられないのを知って、おたけは号泣《ごうきゅう》しはじめた。

いったいなんでこんなことに。

惣三郎は声をかけることはせず、おたけが泣きやむのを黙って待った。

やがておたけの声は小さくなってゆき、雨がやんだように静かになった。

「どうだ、落ち着いたか」

惣三郎はやさしく声をかけた。

おたけがはっと顔をあげる。

「詳しい事情をきかせてもらいてえんだが、いいか」

「はい」

意外にはっきりした口調で答えた。死骸に寄り添うように動いて裾《すそ》を直し、惣三郎に向き直る。

全部で六人の町役人が興味津々《きょうみしんしん》といった目を向けてくる。

「ちょっとはずしてもらえるか」

一瞬残念そうな目を一様にしたが、六人は外へ出ていった。

「昨夜、旦那はどこへ行ってたんだ」

「吉敷屋《よしきや》さんに招かれて宴に」

吉敷屋というのは、六太郎が仕事をもらっている傘屋とのことだ。

「招かれたのか。ずいぶん大事にされているんだな」

「ええ、うちの人はすごく腕がよくて、しかも仕事がはやかったものですから、吉敷屋さんとしてもよそに取られたくなかったみたいです」

まぶたを伏せておたけがいった。

「なるほど、接待ということか。吉敷屋というのはどこにある」

「麻布永坂町《あざぶながさかちょう》です」

六太郎の長屋がある芝森元町から、西へ八町ほど行ったところだ。

「昨夜、六太郎が招かれた店というのは」

「西久保神谷町《にしくぼかみやちょう》の井岸《いぎし》という料亭です」

こちらは、北へ十町ばかりといったところか。

「宴は何刻からだった」

「七つ半です」

「そういうとき、いつも旦那の帰りはおそかったのか」

「はやく帰ってくるということはまずありませんでしたが、九つをまわってしまうことも滅多にありませんでした。だいたい四つ前には戻ってまいりました」

おそらく六太郎は五つ半を四半刻ほどすぎた頃、井岸を出たのだろう。酔った足でも、十町ほどなら四半刻もかからずに帰ってこられる。

そこを下手人は待ち構えていたということになるのか。

「吉敷屋の接待というのは頻繁に行われていたのか」

「いえ、それほどでもありません。せいぜい四月に一度といったところでしょうか」

「昨夜の宴のことを知っていた者はいるか。あるいはきいてきた者は」

「知っている人はけっこう多いものと思います。吉敷屋さん、井岸の人たち、それにうちの長屋の人たちもそうですし、傘づくりのお仲間も。……宴のことをきいてきた人はおりません」

そうか。惣三郎は一つ間を置いた。

「旦那は遣い手だったか」

おたけは目を伏せた。

「当外流という一刀流の皆伝という話はきいていました。でも、もう何年も稽古《けいこ》はしていなかったはずです。刀だって手入れは欠かしていませんでしたけど、ここしばらくは振ったことすらほとんどなかったものと」

「ところでおたけ、旦那はその刀を帯びておらぬのだが、他出の際はいつも無腰だったのか」

「とんでもない。先祖伝来の刀を常に差していました」

「ほう、伝来のな。よいものなのか」

「ええ、名刀といってよいほどのものでした。売れば優に二百両にはなる、とのことでした」

二百両の刀。命を奪うには十分な理由となる。

おたけは、惣三郎が問う前に刀のゆえんを語った。

戦国の頃から伝わっており、銘は助頼《すけより》。がっしりとした幅広の刀身が特徴で、今の侍が持っているような軽い刀ではない。

六太郎の父の代に主家が取《と》り潰《つぶ》しになったが、浪々の身になってからも父は決して手放すことはなかったという。六太郎も父の遺志を継ぎ、守り続けてきたといっていい。

「じゃあ、昨夜も差して出かけたんだな。その助頼とかいう刀工は有名なのか」

「いえ、さほど知られてはいないみたいです。あの人の話ですと、享禄《きょうろく》の頃に亡くなった古備前《こびぜん》の流れをくむ刀工らしいんですが。でも知る人ぞ知る人らしく、数寄者にとってはその名をきいたらそれだけでもうほしくてたまらなくなる名工のようです」

「垂涎《すいぜん》の的《まと》ということか。売ってくれるよういってきた者はいるのか」

「はい」

女房はその者の顔を思い描いているようだ。

「誰だ」

「あの、その人がうちの人を殺したのでしょうか」

「わからぬ。まずは話をきいてみる。すべてはそれからだ。さあ、話してくれ」

おたけは覚悟を決めたようにうなずき、か細い声で名を告げた。

「二百両という値は、その男がいってきたのか」

「ええ、そうです」

「それでも旦那は売ろうとしなかったのか」

「はい」

「それだけ積まれて心が揺らがなかったということは、おめえさんたち、暮らしに窮していなかったということだな」

「ええ、先ほども申しましたように、うちの人は傘づくりの腕は抜群でしたから」

傘自体高価で、江戸の町人のなかで持っている者はごくわずかだが、傘職人は稼ぎがよく、誇り高いことで知られている。

もっとも、傘に限らず腕のいい職人が重宝《ちょうほう》されるのはどこの世界でも同じだろう。稼げる者はいくらでも稼げる仕組みになっている。

惣三郎はさらに、六太郎にうらみを持っている者がいないかきいたが、おたけに心当たりはなかった。

外に出た惣三郎は芝森元町の町役人に、おたけの世話や六太郎のことをしっかりするようにかたく命じてから、飯倉町の自身番をあとにした。

「旦那、やっぱり刀目当てで殺されたんですかね」

「そいつが一番考えられるが、そうとは限らねえ」

惣三郎は、うしろをついてくる善吉に首を振ってみせた。

「本当に膳場六太郎にうらみを持つ者がいなかったかどうかですね」

「そうだ。三十七年も生きていりゃ、本人が気づかずともうらみを買っちまうことだってあらあ。それも探らねばな」

そうはいってみたものの、刀目当てに六太郎が殺されたという筋は決してはずれていないという直感めいたものが、惣三郎にはすでにあった。


着いたのは、いかにも老舗《しにせ》然とした武具屋である。

赤坂田町《あかさかたまち》にある店で、名は川神屋《かわかみや》といった。

「こりゃいかにも強欲《ごうよく》そうですねえ」

横に張りだした大きな看板を見あげて、善吉がいう。

「そりゃどういう意味だ」

「欲がひどく強いって意味ですけど」

「馬鹿、そんなことをきいてんじゃねえ」

惣三郎は乱暴に暖簾《のれん》を払った。

刀が最初に目についた。およそ十振りほどが刀架にかかっている。

次が槍《やり》で、こちらもかなりの品ぞろえだ。およそ十五本はあるものと思われた。甲冑《かっちゅう》の類《たぐい》は左側にずらりと並んでおり、その物々しいとでもいうべき重厚な雰囲気《ふんいき》は、戦国の頃の武者の厳しさを今の世に伝えるかのようだ。

「旦那、太平の世に生まれて本当によかったですねえ」

「なんだ、ずいぶん実感のこもったいい方をするじゃねえか」

「そりゃそうですよ。もし旦那が戦国の世に生まれ合わせてたら、あっという間に首を取られてるに決まってますから。あっしも仕《つか》え甲斐《がい》がないってもんですよ」

「俺がそんな簡単に殺《や》られるわけねえだろうが」

「だって、こんなのに囲まれたら、手向かいなんてできるわけないじゃないですか」

惣三郎は鎧兜《よろいかぶと》の群れをあらためて見つめた。確かにその通りかもしれない。胸をぐっと圧されるものを覚えている。

その気分を振り払うように奥へ進んだ。

間仕切りのある奥の畳の上で帳面を繰っていた男が目をあげた。そこに町方役人がいるのを認めて、あわてて下におりてきた。

「いらっしゃいませ」

「おう、なかなかいい物をそろえてあるじゃねえか」

「ありがとうございます」

「店主か」

「はい。沖之助《おきのすけ》と申します。どうぞよろしくお願い申しあげます」

商売人らしく、如才《じょさい》なく深々と頭を下げる。

惣三郎は、あげたその顔を凝視した。

丸い目は暗い店内でも生き生きと輝いて、この男の熱心さを伝えている。商売が順調にいっているのを示しているようなふっくらした頬は、いかにも人がよさそうだ。

やや小太りで、背は五尺一寸程度か。なで肩で、着物が左肩からずり落ちかけている。

それが癖になっているらしく、襟元《えりもと》をせわしなくいじっている。

惣三郎は、この沖之助と名乗った男が膳場六太郎を殺せるだけの腕の持ち主か、冷静にはかった。

すぐに答えは出た。

この男には無理だな。

「あの、なにかご入り用でしょうか」

「いや、武具がほしくて来たわけじゃねえんだ。話がききてえんだ」

店主は少し構えるような顔をした。

「膳場六太郎という浪人者を知っているな」

「は、はい」

「おめえ、六太郎の刀をほしがっていたそうだが、まちがいねえか」

「あの、どういうことでございますか」

「きかれたことに答えろ」

惣三郎が凄《すご》みをきかせていうと、沖之助は身をややそらし気味にした。

「はい、まちがいございません」

「どうしてほしがった」

「名刀だからです」

「ここに並べたかったのか」

「いえ、そういうわけではないのですが」

「だったらどういうわけだ」

続けざまに問われて沖之助は気圧《けお》された顔つきだ。

「あの、さるお方に頼まれたからでございます」

やはりな、と惣三郎は思った。

「誰だ」

「いえ、ある商家のご隠居でございますが……あの、膳場さまになにかあったのでございますか」

「殺された。助頼は奪われたぞ」

「ええっ、まことでございますか」

のけぞりそうになった沖之助を惣三郎は冷ややかに見た。

「おめえ、どっちに驚いてんだ。六太郎が殺されたことより、刀が奪われたほうにじゃねえのか」

「滅相もない」

右手を大きく振って否定する。すぐに気がついた表情になった。

「では、お役人は手前が刀を奪うために膳場さまを手にかけたとお考えになって……。いえ、手前はそのようなことは決していたしませんよ」

「六太郎は、いくら積まれても売らん、といったそうだな」

「代々の先祖が大切に守り抜いてきた物、自分の代で手放すことはできぬと申されて。それに暮らしに窮しているならともかく、膳場さまはむしろ豊かでしたから」

「おい、沖之助」

惣三郎はさえぎるように呼びかけた。

「六太郎にうらみを持っている者に心当たりはあるか」

「いいえ、申しわけございません。そういうことを知ることができるほどのおつき合いはなかったものですから……」

惣三郎は背筋を伸ばした。

「話を戻すぞ。おめえ、誰に頼まれて六太郎に話を持ちかけたんだ」

はい、と覚悟を決めたように沖之助はかしこまった。

四

昼休みになった。

重兵衛は、ここ最近、手習子たちがおとなしく、襖《ふすま》や障子を破るようなことがなくなったことに気づいている。

費《つい》えの心配がなくなって喜ばしかったが、少し気にかかる。おとなしいというより、元気がないといったほうがよいかもしれない。考えてみると、自分に対して遠慮があるふうに見えないこともない。

重兵衛はいつものように教場に膳を持ってきた。

弁当を持ってきている手習子たちは仲のいい者同士、三つの輪をつくって食べている。それにしても静かだ。手習子たちに会話がほとんどないように見える。

重兵衛は、なにゆえだろう、と思い、食べ終わったらきいてみよう、と心に決めて文《ふ》机《づくえ》の脇に置いた膳の飯をとりはじめた。

飯を終えて茶を喫し、さてきいてみるかと思ったとき、お美代《みよ》が寄ってきた。手習子のなかでもふだんは明るく活発な女の子だが、今は眉根《まゆね》にしわを寄せ、深刻そうな顔をしている。

「どうしたお美代、心配ごとでもあるのか」

声をかけると、えっ、という顔つきになった。ぺたりと目の前に座る。

「心配ごとがあるのは、お師匠さんのほうじゃないの」

「どうしてだ」

「だって最近のお師匠さん、ちょっとぴりぴりしてるみたいで怖いんだもの」

考えもしなかった。

「怒ったこと、あったかな」

「ううん、お師匠さん、やさしいから怒るなんてことは決してないけど、でもなんていうのかな、今のお師匠さん、なんか前とちがう人みたいな感じがするの」

お美代が目を伏せた。

「顔色も悪いし、みんな、眠ってないんじゃないかって心配してるのよ」

お美代は顔をあげ、じっと見つめてきた。

「ねえお師匠さん、帰ろうと決めたんじゃないの」

「国にか。いや、そのつもりはないぞ」

そこだけははっきりといった。

「本当に」

「ああ、嘘《うそ》はいわぬ。前にもいったはずだ。どこにも行かぬと」

「それはきいたけど、でも国にお母さん一人だけなんでしょ。心配じゃないの」

「もちろん気にはかかっている」

「一度帰ってきたら。それで気持ちがすっきりするんだったら、みんなのためにもいいと思うんだけど」

「そうか……」

「でも、お美代」

いつの間にか吉五郎《きちごろう》が横に来ていた。松之介《まつのすけ》も吉五郎のうしろにいる。この三人は五十人ほどいる手習子たちのなかでも特に仲がよく、いつも一緒にいる。

「一度帰っちまったら、二度と戻ってこないんじゃないかっておまえ、いってたじゃないか。本当にそうなったらどうするんだよ」

「そうなったらそうなったで仕方ないでしょ。お師匠さんだって、来たくて村に来たわけじゃないんだから」

「寂しくないのかよ、お師匠さんがいなくなって」

「寂しいに決まってるでしょ。でもそれは仕方ないことなのよ」

目に涙を一杯にためて、お美代はいい放った。

「仕方ないなんて……おいらはいやだぞ。新しいお師匠さんなんて、おいらは認めないからな」

「ちょっと待て、吉五郎。先走りするな」

すぐさま重兵衛はなだめた。

「俺は帰らぬ。お美代のいう通り、いつかは国に帰ってあと始末をしてこなければならぬが、今そのつもりはない」

吉五郎は畳に尻を落とした。

「ああ、よかった。それをきいて安心した。おいら、心配で眠れなかったんだよ」

「俺もだよ。今夜から枕を高くしてぐっすりと眠れる」

松之介もほっとした顔だ。

重兵衛は、お美代がまだ気がかりを面《おもて》に残したままなのに気づいた。

「なんだ、まだなにかあるのか」

「ねえお師匠さん、気がかりってそれだけじゃないんじゃないの」

重兵衛はぎくりとした。さすがに女の子だ、勘が鋭い。

「どういう意味だ」

驚きをあらわさないようさりげなくきく。

「心配なのはお母さんのことだけじゃないんじゃないの、ってきいてるの」

重兵衛はにっこりと笑った。

「いや、ほかにはなにもないぞ」

お美代は、重兵衛の心の内を探るような真剣な眼差《まなざ》しだ。

「お美代、なにいってるんだよ」

吉五郎が口をはさむ。

「お師匠さんがなにもないっていってるんだからそれでいいじゃないか」

「ねえ、私たちを心配させたくないだけじゃないの」

吉五郎の声がきこえなかったかのようにお美代がただす。

「だってお師匠さん、顔は笑ってるけど目は笑ってないし。目の下にくまはあるし、前はなかったしわが額にできてるし」

重兵衛は額に手をやった。

「お美代、考えすぎだ」

お美代は目をそらさない。黒々とした瞳がまっすぐに見つめてくる。

負けて重兵衛のほうが目をはずした。

「さあ、お美代、みんな戻ってきたぞ。午後の手習をはじめよう」

重兵衛は膳を片づけ、文机の上に『農業往来《のうぎょうおうらい》』を広げた。

お美代はあきらめたような息をつき、自分の天神机に戻っていった。吉五郎と松之介もお美代にならう。

さっそく手習をはじめたが、やはりいつものように子供たちは騒がない。どことなく悲しそうな目で、重兵衛を案ずるように見ているだけだ。いずれもまじめな顔をしてはいるが、手習に身が入っていないのは明らかだ。

重兵衛としても子供たちのためになんとか実のある手習にしたかったが、常に遠藤恒之助のことが念頭にある今、どうすることもできない。

手習に身が入っていないのはむしろ重兵衛のほうで、それを子供たちに見抜かれているにすぎないのかもしれない。

五

「旦那、こちらですよ」

枝折戸《しおりど》の前に立った善吉が手招く。

「なかなか立派な住まいですね」

善吉のいう通り、いい材木を惜しむことなくつかったのがはっきり見て取れる家だ。部屋も四つはあるようで、年寄りが一人で住むには広すぎるくらいだ。

「一人じゃないのかもしれないですね」

善吉がおもしろくなさそうにいう。

「女と一緒とでもいいたいのか。それもおめえよりずっと若い」

「十分に考えられますよ。金にものをいわせれば、女なんていくらでも手に入るご時世ですから」

「貧乏人はなんでも金のせいにしやがる」

惣三郎は枝折戸を入った。

「旦那、そりゃどういう意味です」

善吉の声が追いかけてくる。

「おめえは金があったって女にもてねえって意味だ」

惣三郎が軽く顎《あご》をしゃくると、口をとがらせて善吉が前に出た。腰高障子に向かって声をかける。

「朝左衛門《あさざえもん》さん、いらっしゃいますか」

しばらく間を置いて障子がひらき、小柄で上品そうな年寄りが顔を見せた。

「はい、どちらさまですかな」

「朝左衛門さんですかい」

「ええ、そうです」

善吉は手で惣三郎を示した。

「こちらの旦那がききたいことがおありなんで、正直に答えてください」

うしろに下がった中間に代わって出てきた黒羽織を見て、朝左衛門はわずかに顔をしかめかけたが、すぐに平静なものに戻した。このあたりはいかにも世慣れた感じがする。声もやわらかで響きがよく、すんなりと耳に入ってくる。

「座らしてもらうぜ」

惣三郎は縁側を指さした。

「そんなところではなんですから、なかにお入りください」

惣三郎たちはその言葉に甘えた。

導かれたのは八畳間だった。床の間にはどこかの山奥の風景が描かれた墨絵の掛軸がかかっている。静けさのなかに流れ落ちる滝の激しさが見事に描かれた逸品《いっぴん》だ。

あけ放たれた障子の向こうには緑豊かな庭があり、目の前に大きな池がつくられていた。大きな鯉《こい》が泳ぎ、その上を鳥が飛びかっている。ときおり響くのは鹿威《ししおど》しだが、音色がうまく抑えられているのか、耳障りなところはまったくない。どこかこの屋敷のあるじの声に似ていた。

一人奥に姿を消した年寄りは盆に三つの湯飲みをのせて戻ってきた。

「お待たせいたしました。そちら、寒くはないですか」

あいている障子を気にする。

「ああ、大丈夫だ。今日は小春日和《こはるびより》というのか、あたたかだからな」

のぼって二刻ほど経過した冬の太陽は精一杯の虚勢を張って、明るい陽射しを送り続けている。その必死な努力を邪魔しようとする雲はなく、庭にはほんのりとした白さを感じさせる光があふれている。

「手前、朝左衛門と申します。どうぞよろしくお願いいたします」

あらためて名乗り、頭を下げてきた。

「俺は河上惣三郎という。河上の河は大河の河だ。まちがわんようにな」

「河上さまですか……」

じっと見つめてきた。

「なんだ、俺のことを知っているのか。おい、はじめてじゃなかったか」

「いえ、紛《まぎ》れもなく初対面でございますよ」

「だよな。俺は一度会った顔を決して見忘れはしねえんだ」

惣三郎はさっと振り向いた。

「なんだ善吉、なにかいいたいことがあるのか」

「いえ、なにもありませんよ」

善吉はしらっとした顔で答えた。

ふん。鼻を鳴らして惣三郎は朝左衛門に向き直った。

「おめえ、一人暮らしのようだな」

「はい。なにしろ世を捨てたも同然の隠居ですから」

「妾《めかけ》とまではいわなくとも、身のまわりの世話をする小女くらい入れてもいいんじゃねえのか」

「置いた時期もあったのですが、逆に気疲れすることもございましてね。今は一人の気軽さを楽しんでおりますよ。――ああ、どうぞ、お召しあがりください」

茶を勧められ、惣三郎は遠慮なく湯飲みを手にした。一口すする。

「こりゃまたうめえ茶だな。おめえ、こんなのをいつも飲んでるのか」

「歳を取りますと、茶くらいしか道楽はございませんので」

惣三郎は湯飲みを置いた。

「でもあるまい。ほかにも立派な道楽があるだろうが」

朝左衛門は怪訝《けげん》そうな顔をした。

「刀剣だ」

「おや、ご存じでしたか」

朝左衛門が首をかしげる。

「しかし、そのことをどちらでおききになったのです。刀剣を集めているのは事実ですが、ほとんど知る者はおらぬはずなんですが」

「実はそのことで来たんだ」

惣三郎は身を乗りだした。

「贔屓《ひいき》は川神屋だそうだな」

「ええ。あそこの主人は鼻がきくと申しますか、いい腕をしておりますので。おかげさまで、これまでにも何度か掘りだし物を手に入れることができました。……あの、川神屋さんがなにか」

「いや、川神屋は関係ねえんだ。おめえ、膳場六太郎という浪人者を知ってるよな」

一瞬、目を宙に走らせかけたが、朝左衛門はすぐに首を上下させた。

「はい、存じております。すばらしい刀をお持ちの方です」

目の輝きがこれまでと明らかにちがっている。

「その刀、助頼というらしいが、どうしても手に入れたかったそうだな」

「ええ、あれだけの名刀ですから」

答えながら朝左衛門が眉間《みけん》にしわを刻んだ。

「あの、そのことがなにか」

「六太郎は殺された」

ええっ、と朝左衛門は悲鳴のような声をあげた。この隠居には似つかわしくなく、心の底から驚いているのはまちがいない。

「助頼も奪われたよ」

「では、助頼目当てに膳場さまは殺されたということでございますか」

「おそらくな」

朝左衛門は顔をこわばらせた。

「なるほど、河上さまがこちらにまいられた理由がわかりました。しかし河上さま、手前は助頼を奪うために膳場さまを殺すような真似は決していたしませんよ」

「わかっている」

惣三郎は言下にいった。

「おめえの人柄からして、そんなことができねえのは一目でわかった。それに、膳場六太郎を殺せる腕前ではないこともな」

そういわれて朝左衛門はさすがにほっとした顔をしてみせた。

「ただし、おめえが誰かに頼んで殺させたという疑いが消えたわけじゃあねえ。川神屋の交渉ははかばかしくなかったそうじゃねえか。おめえが業《ごう》を煮やして、というのも考えられねえこともねえ」

「そんな。手前はそのようなことはいたしません。血をもって手に入れたところで、純粋に楽しむことができなくなってしまいます」

「まあ、そうなんだろうな」

惣三郎はあっさり認めた。

「ところで、ほかに助頼をほしがっていた者を知らねえか。同好の士というのか、そういう者たちとのつながりは密なんだろう」

「よくご存じで。でも、仲間うちで助頼に目をつけていたのは手前だけだと思います」

「誰かと話したことはねえのか」

鼻先に人さし指を当て、朝左衛門は考えこんだ。

「ございますね。十日ほど前のこと、同好の者たちで宴を張ったときです」

助頼ほどの刀のことをほかの者に知られ、取られるのがいやでそれまで話したことはなかったが、一度だけ酔った弾みで口にしてしまったことがあるという。

「酔うと、どうしても口が軽くなってしまうのですよ」

「関心を抱いた者は」

「それは全員でしょうね。あのときは全部で七人おりましたが、いずれもぎらりとまさに斬れ味鋭い刀身のように瞳を光らせましてね、手前はしまったと酔いが醒めるくらいに後悔いたしましたよ」

「抜け駆けするような輩《やから》はいるのか」

「皆、油断がならないのは事実ですが、人を殺《あや》めてまで手に入れようとする者はいない、と断言できます」

「おめえがそういうのなら確かだろう」

惣三郎はうなずいた。

「ほかに助頼のことを欲している者に心当たりはあるか。いや、おめえが助頼を手に入れたいと願っていることを知っている者でもいい」

惣三郎は、朝左衛門に売りつけるため下手人は刀を奪ったのでは、と思いついている。

顎に手をやり、朝左衛門は再び考えこんだ。

「手前がほしがっているのを知っているというのとはちがうかもしれませんが……」

惣三郎は目で先をうながした。

「その宴の際、厠《かわや》に立ったときですが、一人の男に声をかけられ、その刀のことをきかれました。男は、そんなにいい刀なのか、と申しました。おそらく、手前が大声をあげたのを耳にしたのでございましょう」

「ほう、どんな男だ」

朝左衛門は特徴を語った。

浪人ふうで、歳は三十前くらいではないか。なんといっても、いちばんの特徴は右頬の切り傷。細い目は鋭く、獣のような光を帯びている。唇は薄く、口はやや右側にゆがんでいる感じ。背はかなり高く、六尺近い。やせており、肩の骨が出っぱっていた。

「思いだせるのはこんなところでしょうか」

朝左衛門はすまなそうにいった。

「いや、そこまで思いだしてくれたら十分だ。助かる」

この声をかけてきた男が下手人なのでは、という思いがすでに惣三郎の頭を占めている。

「その宴が行われた店はどこだ」

惣三郎は、朝左衛門の答えを頭に叩きこんだ。

ここまでで十分だった。

手間をかけたな。惣三郎は礼をいって立ちあがりかけたが、すぐに座り直した。

「それにしても、助頼という太刀《たち》はそんなにすばらしいものなのか」

「それはもう。手前は他の作を一度目にしたことがあるだけなのですが、幅広の刀身の冴《さ》えは思わず目を奪われるほどでして。今の時代、剛刀といえるあれだけの作が残っていること自体、奇跡でございましょうな」

「おめえ、刀は幾振りも持っているのだろうが、そのなかに助頼を彷彿《ほうふつ》させるのはあるか。あるなら見せてもらえねえか。見ておけば探索の役に立つかもしれねえ」

ただ単にこれだけの金持ちが集めた刀剣がどれほどのものか、見たくてならなくなったにすぎないが、実際目にして損になることはあるまい。

その申し出に朝左衛門は、よくぞいってくれましたとばかりに満面の笑みを浮かべた。

「ようございますよ。では、こちらにいらしてください」

がっちりとした格子《こうし》が三方をめぐり、奥は分厚い土壁の、まるで座敷牢《ざしきろう》のように見えるところへ案内された。

大きな錠が厳重にかけられたせまい入口を惣三郎たちはくぐった。

刀は二十振りほどで、槍は六本。いずれも高価であろうことは、ほとんど刀剣の知識のない惣三郎にもわかる。

朝左衛門は一本の刀を手に取り、黙礼してから抜いた。

「これなどはまあ似てるといえるでしょうが、猛々しさという点で助頼には及びませんな。時代が百年ほど新しいためにやや洗練されすぎていましてね、その分飾りなどは精《せい》緻《ち》になっておりますが」

「持たせてもらってもいいか」

「どうぞ、どうぞ」

惣三郎の手に、長脇差などとはくらべものにならない重みが伝わる。

惣三郎は刀身をひっくり返し、まじまじと見た。朝左衛門のいうように、今の侍が帯びているものよりかなり幅が広い。

明るいほうにかざしてみた。ぎらりと生き物の瞳のように光を放つ。

「すごい迫力だな。おめえたちが金に糸目をつけずに手に入れたがるのがわかるような気がするよ」

「でも、助頼はその比ではございませんよ」

「そんなにすごいのか。——ところで、この刀はいくらだったんだ」

「ちょっと旦那、失礼ですよ」

「別にかまわんだろ、なあ朝左衛門」

「はあ。……百二十両でした」

「すごいな、それは」

惣三郎は目をらんらんと輝かせた。刀を朝左衛門に返し、腰の長脇差を叩く。

「なら、こいつはどうだ。いくらくらいになる」

刀を鞘《さや》におさめた朝左衛門はなにも答えず、苦笑まじりに首を振った。

「だったらこれは」

惣三郎は懐から十手《じって》を取りだした。

「いくらおぬしでも、こいつは持っておらんだろう」

目をみはった朝左衛門が刀を取り落としそうになった。

「売っていただけますので」

「いくらで買う」

「ちょっと旦那。いくらなんでもまずいですよ」

「かまわんだろう。なくしたっていやあ、またくれるはずだ」

「そんなことありませんよ。なくしたらお役ご免ですよ」

それでもかまわなかったが、不意に父の顔が脳裏をよぎり、惣三郎はしぶしぶあきらめた。

「ところで、おめえ、隠居する前はなにをやってたんだ」

朝左衛門にただす。

「薬屋をやっておりました。永代丸《えいたいがん》という風邪薬を主に商っておりまして」

「永代丸なら俺も子供の頃からつかってるぞ。杉浦屋《すぎうらや》だよな」

「ご存じでしたか」

「もちろんだ。そういえば、何年か前に当主が永代丸ごと店を売り払ったという話をきいたが、おめえがそうだったのか」

「跡取りもおらず、連れ合いもはやくに亡くしたものですから。でも永代丸ごとというわけではございませんで。今も売上の五分が手前の懐に入ってくる仕組みになっております」

「そりゃうまい手を考えたな。金の卵を生む鶏を飼っているも同然だ。俺もそんなのがほしいぜ。一生遊んで暮らせる」

入口に鍵をかけた朝左衛門とともにもとの座敷に戻った。

「おい、朝左衛門。六太郎が助頼を所持しているのをどうやって知ったんだ」

「ああ、はい。ある日、いきなり雨に降られまして、傘を求めて入った店でです。ちょうどそこに膳場さまが納品にいらしてまして」

「腰に帯びているのが助頼だとすぐにわかったのか」

「それはもう。手前は雷《かみなり》に打たれたみたいになってしまいましたよ」

「それからどうした」

店の者に身許を教えてもらい、川神屋を交渉に行かせた。

「どうしておめえがじかにいわなかった」

「儲《もう》けさせれば、次にまたいの一番にいい物を持ってくるからでございますよ」

「六太郎の助頼、おめえ、いくらで買うつもりでいたんだ」

朝左衛門はさすがにもじもじした。

「いいたくねえなら無理にはきかんが」

「いえ、かまいませんよ。二百六十両でございます」

つまり、川神屋は仲立ちしただけで六十両の儲けということになる。悪くないどころか、あまりにおいしすぎる。

「そんな話をきくと、ますます商売替えをしたくなるな」

惣三郎はつぶやき、長いことすまなかったな、と席を立った。

沓《くつ》脱《ぬ》ぎで草鞋《わらじ》を履き、振り返る。

「朝左衛門、この十手、いくらなら買ってくれるんだ。いや、もう売る気はねえんだが、ちょっと気になってな」

朝左衛門はにっこり笑って、両の手のひらを前に突きだすようにした。

「十両か」

「滅相もない」

「じゃあ、もしかして」

その通りでございます、というように朝左衛門は小さく頭を下げた。

百両か。惣三郎の頭を二十五両入りの四つの包み金が駆けめぐった。

まだいい忘れていたことがあったのに気づき、包み金を脇へ押しやる。

「料亭で声をかけてきた男だが、その男が助頼を持って訪ねてくるかもしれん。そのときは必ずつなぎをくれ」

承知いたしました、と朝左衛門がいった。

六

料亭は島多加《しまたか》といい、麻布三軒家町《さんげんやちょう》にあった。

穏やかな流れを響かせる細川に架かる笄橋《こうがいばし》のそばに、店は建っている。

「おい、善吉、そこの笄橋のいわれを知っているか」

「そんなちっぽけな橋になにか伝わるような話が残ってるんですかい」

笄橋は長さ三間、幅は九尺ばかりの小橋でしかないが、清和源氏《せいわげんじ》の祖といわれる源《みなもとの》経基《つねもと》が、関守《せきもり》に太刀の笄を渡して渡ったことから最初は経基橋と名づけられ、のちに八幡《はちまん》太郎義家《たろうよしいえ》が今の名にあらためたという古伝を持つ。

「その経基公は、どうして笄なんかを渡したんです」

「善吉、おめえ、平将門《たいらのまさかど》公を知ってるか」

「もちろんですよ。坂東《ばんどう》の英雄じゃないですか」

「遠く平安の将門公の乱のとき、経基公は将門公に謀反《むほん》の疑いありと都に知らせに赴《おもむ》こうとしたんだが、この橋のところに将門公の息のかかった者が先まわりして関を設けていたんだ。そのとき経基公は、自分は将門公の味方で相模《さがみ》に行くつもりであると告げたんだが、関守は信じず、身分を明らかにする物を見せるように迫ったんだ。それで経基公は太刀の笄を見せ、そして無事に渡ることができたんだ」

善吉が首をひねる。

「笄がどうして味方であるという証《あかし》になるんです」

「将門公からもらった物じゃなかったのかな」

惣三郎も首をかしげ、考えこんだ。

「それか、その笄がよほど高価な物で、賂《まいない》につかったのかもしれんな」

「賂だったら銑なんかでなくとも、お金でよかったんじゃないですか。源氏のお頭《かしら》なら金持ちでしょう」

「そのときは手持ちがなかったのかもしれんぞ」

「そりゃ考えられませんよ」

善吉が一蹴《いっしゅう》する。

「だって都まで戻ろうとしてたんでしょ。たっぷりお足は持っていたはずです」

むっ、と惣三郎はつまった。

「うるさい。とにかくそういういわれがこの橋にはあるんだよ」

島多加は鯉や鮎《あゆ》、鯰《なまず》など川魚をもっぱらに扱っている店で、朝左衛門の話では特に鯉のうまさで知られ、その味は鯛《たい》にも劣らないといわれているそうだ。

むろん安くないのは確実で、店の存在自体は知っていた惣三郎だが、これまで一度も足を踏み入れたことがない。

「こりゃ趣《おもむき》のあるいい店ですねえ」

善吉が感嘆するのも当然で、まわりに塀をめぐらせた構えは武家屋敷に通ずるものがあり、広壮な母屋《おもや》の背後には鬱蒼《うっそう》とした林が控えている。冷たい北風はその林によってさえぎられ、入口の前は日だまりになっている。

ただし、まだ店はひらいておらず、夜のにぎわいが相当なものであることが明白なだけに、逆に母屋のあたりには空虚さが色濃く漂っているような気がした。

訪《おとな》いを入れる。

すぐに応えがあり、料理屋の奉公人としては筋骨が不釣り合いに隆々としている若い男が姿を見せた。

惣三郎は用件を伝えた。

「十日前の夜に見えた、頬に傷がある男の人ですか」

男は太い腕を組んで、考えはじめた。

「申しわけございません、覚えてないですねえ」

「他の者にもきいてくれ」

「わかりました」

男は身をひるがえしかけたが、すぐに体を戻した。

「お入りになりますか」

「そうだな、熱い茶を一杯もらえるとありがてえ」

男に先導されて、惣三郎と善吉は廊下を折れたすぐ右側の部屋に入った。

ごゆっくりどうぞ。男は襖《ふすま》を閉じて去っていった。

「酒でも出てこねえかな」

「やっぱりそのつもりだったんですね。旦那がお茶を飲みたがるなんて、変だと思ったんですよ」

「たまには昼間の酒もいいじゃねえか」

「たまにはって、飲んでない日を数えるほうがむずかしいと思うんですけど」

襖の向こうで衣擦《きぬず》れの音がし、失礼します、と声がかかった。

襖がひらくと同時に頭を下げたのは、ごま塩頭の男だった。

「お初にお目にかかります。店主の伊与之助《いよのすけ》と申します。どうぞ、よろしくお願い申しあげます」

響きのよい声でいい、膝行《しっこう》して入ってきた。惣三郎の前に正座すると再度一礼し、それからぱんぱんと手を叩いた。それに応じて盆を手にした女中がやってきて、惣三郎の前に徳利《とくり》と杯《さかずき》を置いた。

「ささ、どうぞお召しあがりください」

伊与之助と名乗った男が徳利を傾ける。

「飲みたかったのは茶なんだがな」

惣三郎は一応遠慮を見せた。

「河上さまにお茶など似合いませんよ」

「なんだ、俺のことを知っているのか」

「当たり前でございますよ。江戸者で河上さまのことを存じあげなかったら、それこそもぐりでございましょう」

さあどうぞ、と伊与之助は再度勧めてきた。

持ちあげられてうれしくなった惣三郎は杯を手にした。旦那、とうしろから善吉が咎《とが》めたが、惣三郎にはろくにきこえなかった。くいっと手首をひねると、甘くて香り高いものが口中に満ちた。

「いい酒だな、これは」

「おわかりになりますか。さすがでございますね」

さらに勧めてくる。もう一杯だけ受けて、惣三郎は杯を伏せた。

「酔っちまうとまずいからな、このへんにしておこう」

「この程度で河上さまが酔われるはずがございませんよ」

「なんだ、ずいぶん持ちあげやがんな。なにかうしろ暗いことでもあるのか」

「滅相もない」

商人《あきんど》のようにもみ手をする。

「手前は、江戸の平安を守ってくださっている町方の皆さまをもてなしたい一心でございまして。河上さまはその代表ということでございますよ」

「そうか。なかなか立派な心がけだな」

　惣三郎は笑みを消した。

「あらためてきくぞ。十日前だが、右の頬に大きな傷のある男が来ていたはずだ。それが誰かを知りたい」

「確かに目立つ傷でして、その男の人のことは手前も覚えております。ただ、どなたとご一緒だったのか、といわれますと心許《こころもと》ないものがございます」

「ここは、一見《いちげん》は入れるのか」

「もちろんでございます。一見さんお断りなどと敷居の高いことをやっておりましたら、この競《せ》りの激しい世の中、とてもやっていけるものではございません。むしろ一見さんのほうこそ大事にいたしまして、また是非とも足を運んでいただけるよう心をこめておりまます」

「すばらしい心がけだな。それでまた来てくれれば、今度は新たな得意先ともなる上客を連れてきてくれるだろうしな」

「おっしゃる通りでございます」

惣三郎は厳しい顔をつくり、腕組みをした。

「しかしどうだ、もう少し誰と来ていたか、考えてみてくれぬか」

「はい」

伊与之助は真剣な表情で思いだそうとつとめている。

「申しわけございません」

力なく首を横に振ってみせた。

「そうか」

惣三郎はすっくと立ちあがった。

「その男がいた座敷を見せてくれるか」

「わかりました。ではさっそく」

伊与之助に導かれ、廊下を歩く。立ちどまった伊与之助が左側の襖をひらいた。

「こちらです」

二十畳はある広い座敷だ。

「この座敷なら、その男たち一組というわけではなさそうだな」

「ええ、あの晩はこちらには七、八組は入っていたものと。むろん、間仕切りを立てさせていただきましたが」

「七、八組とすると、ここに三十人近くがいたことになるのか」

「しかも、隣同士が意気投合し、間仕切りを取り外してしまうこともございまして。確かあの晩も、そういう状態でかなりにぎやかになっておりました」

「そのなかに常連というか上得意の客はいなかったか」

伊与之助が考えこむ。

「そうですね。手前が覚えているのは油問屋の木幡屋《こばたや》さんでしょうか」

「木幡屋か。店は確か麹町《こうじまち》だったな」

「さすがでございますね。麹町平河町《ひらかわちょう》二丁目にございます」

「木幡屋はよく来るのか。最近まで床に伏していたと話をきいたが」

「いえ、病は本復されましたが、気力のほうがということで先代は隠居されまして、今はせがれの磯太郎《いそたろう》さんが継いでいます。十日前の晩も磯太郎さんが見えていました」

「ほう、隠居したのか。知らなかったな。よし、さっそく行ってみよう」

惣三郎は座敷からきびすを返しかけて、足をとめた。

「ところでおめえ、杉浦屋を知っているか。いや、もと杉浦屋というべきかな」

「もちろん存じております。朝左衛門さんですよね」

「そうだ。その日、仲間と宴をひらいてたそうだが、朝左衛門はどこの座敷をつかっていたんだ」

「隣でございます。宴の際の座敷は常に決まっておりまして。こちらです」

廊下を進み、先の襖をあけた。

惣三郎は足を踏み入れた。

「八畳間か」

隣の間との仕切りは襖しかない。

なるほど、ここで声高に話していれば、まちがいなく筒抜けだろう。

「邪魔したな」

惣三郎はこれで辞去しようとして、またもやとどまった。

「ああ、そうだ。もう一つききてえことがあるんだが、いいか」

伊与之助が軽く頭を下げる。

「そこの笄橋のことだが、経基公がなぜ笄を関守に渡したか、そのわけを知っているか」

「そのことでございますか」

やや安心した表情を浮かべる。

「武蔵権守興世王《むさしごんのかみおきよおう》というお方が将門公の乱のときにいらっしゃいまして」

将門と和議を結ぼうとしていた興世王は武蔵介《むさしのすけ》の経基を都には行かせたくなく、配下に命じて関をつくらせた。

　行く手を阻まれた経基は一計を案じ、笄を関守に渡した。これは興世王からいただいた物で、手放すことなどとてもできぬ大事な品だが、これをそなたに預けてゆく、帰りにまたここに寄るのでそのときに返してほしい、といい置いて橋を渡ったという。

「なるほど、そういうことか」

　惣三郎は感嘆した。

「やっぱり土地の者のほうが知ってるな」

「いえ、これも正直、はっきりしたことはわかりませんので。手前は古老からきいたことをそのままお話ししただけでございますよ」

「でも、旦那。その笄には興世王からいただいたことを示す印などなかったんですよね。そんな面倒なことをするより、やっぱり賂を渡すか、それとも刀にものをいわせたほうが手っ取りばやかったんじゃないですか」

「善吉、おめえはかてえぞ。関守だって正体がわかってて、通したのかもしれねえじゃねえか。そのあたりの人情の機微ってえものを、感じ取ってもらいてえと俺は切に願うぞ」

　通りに出た町方同心と中間が遠ざかってゆくのを、伊与之助は見送った。

ほっと息をつく。昼行灯《ひるあんどん》を思わせる同心だが、ときおり闇を照らす龕灯《がんどう》のような光を瞳にたたえることがあって、油断のならない者、との思いを伊与之助は胸に抱いた。

(お知らせしておいたほうがよいな)

奉公人に行き先を告げて伊与之助は店をあとにした。

寒風のなか、早足で歩きはじめる。

江戸の常で相変わらず行きかう人の多いなか、誰かにつけられていないか、さりげなく付近を見まわす。

今のところなんの気配も感じられないが、用心を怠ることは決してない。

ところどころ目につく稲荷《いなり》や名もない小さな神社に入り、賽銭《さいせん》を投げた。たっぷりときをかけて合掌《がっしょう》し、すばやくきびすを返す。

ふつうなら四半刻ほどで行ける道を、半刻以上もかけて歩いた。

浜松町《はままつちょう》に入ると、これまで以上に用心した。

誰も自分に関心を払っていないことを見極めてから、伊与之助は一本の小路に入り、それから長屋としもた屋が背を向け合う細い道をすばやく進んだ。人一人がようやく歩ける道で、近所の者以外はここに路地があることすら知らない。

道を出て振り向く。誰もあとを追ってきてはいない。

よかろう、と判断した伊与之助は、ある一軒家の前に立った。

今日、手習所が休みなのは知っている。庭のほうへまわり、枝折戸を入った。

「お師匠さん、いらっしゃいますか」

腰高障子に向かって明るい声を放つ。

すぐさまひらき、乙左衛門《おとざえもん》が顔を見せた。

「おう、いらっしゃい」

「ご無沙汰しております。お得意さまより言伝《ことづて》を持ってまいりました」

「さようですか。それはご苦労さまです。お入りください」

伊与之助は沓脱ぎで草履を脱ぎ、縁側にあがった。座敷に入って正座する。障子を閉めた乙左衛門が向かいに座った。

「どうした」

低い声できく。伊与之助は、店に町方同心がやってきたことを告げた。

「ほう、なかなかすばやいな。仕事のできる同心のようだ。名はなんという」

伊与之助は話した。

「河上惣三郎か。興津重兵衛と親しくしている男だ。番所内での評判はたいしたことがないようだが、意外に切れるところがある。油断はできまい」

「始末いたしますか」

「それもおもしろいな。興津はさぞ動転することであろう。自分のせいでまた人が死ぬのだからな。……だが、今は放っておけばよい。興津を驚かせる、それだけのことで危ない橋を渡ることはない」

「わかりました。それにしてもお頭」

伊与之助は居ずまいを正した。

「遠藤どのは、どうして刀を奪ったりしたのでしょう」

乙左衛門はわずかにむずかしい顔をした。

「いい差料《さしりょう》がほしかっただけだろう」

「それだけのことでございましょうか」

「ほかに理由があるのかもしれんが、今のところはわからんな。伊与之助がそんなに気にするのだったら、今度会ったときにきいておくことにしよう」

お願いいたします、というように伊与之助はこうべを垂れた。

乙左衛門が軽く息を吐き、腕を組んだ。

「しかし、あの男もけっこう勝手をするものよな」

「遠藤どののために、こちらの身までも危うくなるのは避けたいものです」

「その通りだ。だがやつの身がもし危うくなったら、一度は救わねばなるまい。やつにはまだ死んでもらっては困る」

腕組みを解いた乙左衛門が宙をにらみつけた。

七

したたる汗が心地よい。

重兵衛は久しぶりに無心になれた気がしている。

今日、手習は休みで、重兵衛は田左衛門《たざえもん》の畑で朝から鍬《くわ》を振るっていた。

「しかし重兵衛さん、ますます野良《のら》仕事が上手になってきましたね」

そばで同じように鍬を握っている田左衛門が笑う。

田左衛門は白金村の富農の一人で、白金堂の家主でもある。前《さき》の手習師匠亡きあと、このままお住みくださいと重兵衛が村の手習師匠として暮らしてゆける道をつけ、さらには請人《うけにん》にもなってくれた。重兵衛にとって恩人といっていい存在だ。

「これならもし手習所が駄目になっても、安心ですよ。手前が雇って差しあげますから」

「ちょっとお父さん、手習所が駄目になるなんて、滅相もないこといわないでよ」

田左衛門の一人娘であるおそのがやや声高にいう。

「そんなこと、あるわけないでしょ」

しまった、という顔で田左衛門が黙りこむ。

そうか、村の人たちも気にしているのか、と重兵衛はすまなく思った。そのことに気づかずにいた自分に情けなさも覚えた。

「重兵衛さん、しかし寒くなってきましたねえ」

田左衛門が話題を転じた。

まったくですね。重兵衛はうなずき、空を見あげた。

太陽は高い位置にあってあたたかな光を送りこんできているが、確かに風はかなり冷たい。鍬を持つ手をとめて休んでいると、すぐに汗がひいてゆく。

ただし、国の寒さはこんなものではない。この時季、身も凍るような風が吹きおりてきて、城下をさらうようにしてゆく。

国のことを思いだすと、どうしても思いは母のことに向かう。

湿った風が心を通り抜けてゆく。今すぐにでも舞い戻りたい気持ちになる。

重兵衛は大きく息を吸って、心を落ち着けた。

「重兵衛さん、どうかされましたか」

声のほうに目を向けると、おそのが心配そうに見つめてきた。

「とても悲しそうなお顔をされていましたけど」

「そうかな」

重兵衛は笑顔をつくった。

「もしそう見えたのだったら、きっと腹が減りすぎたのだと思うよ」

「そうでしたね」

おそのがいい、田左衛門を見た。

「そうだな、もう九つに近いな。……少しはやいですけど、重兵衛さん、飯にしますか」

田左衛門は、小作人たちにも昼餉をとるように告げた。

重兵衛は田左衛門に導かれて、畦《あぜ》の上に広げられたむしろに腰をおろした。

おそのは小作人たちに握り飯を与えている。小作人たちはありがたそうに竹皮包みを受け取ってゆく。

その様子を田左衛門は満足そうに眺めている。

「重兵衛さん、お待たせして申しわけないですが、あの者たちに先に握り飯を配るのは、昔から決まってましてね」

重兵衛は小さく笑った。

「昔といっても、田左衛門さんがそうするよう決められたのではないですか」

「ほう、おわかりになりますか」

「もちろんです。田左衛門さんのお人柄からして、そう考えるのが自然というものです」

ありがとうございます、と田左衛門は満面に笑みを浮かべた。その笑顔のまま、娘を見やる。

「どうです、いい娘でしょう。あの握り飯、おそのも手伝っているんですよ」

「それは楽しみです。握り飯にはその人の心が出るときききましたから、きっとうまいでしょうね」

「ほう、そうなんですか。どなたがそのようなこと、いわれたんです」

母が、と口にしかけて重兵衛はとどまった。

「いえ、誰からきいたかは失念してしまいました」

一瞬、重兵衛の心をはかるような目をしたが、田左衛門はすぐになにげないものに表情を戻した。

「重兵衛さん、この前の話、本気で考えてくださいよ」

おそのにきこえないよう小声でささやく。

「なんです、この前の話って」

「とぼけっこはなしですよ。おそのを嫁にするという話です」

重兵衛はどう答えようか迷った。今の状態では、おそのを妻に迎えるなどできることではない。

「駄目ですか」

重兵衛の顔を見て、田左衛門が無念そうにいう。

「いえ、そのようなことはないのですが、今はちょっと、ということです」

田左衛門の面に輝きが射す。

「では、ときがたてば、もらっていただけるということですか」

「即答はできませんが、ときが来れば必ずお答えできると思います。でも、なぜ田左衛門さんは手前のような者にそこまで……」

「手前が見こんだお人ですし、重兵衛さんにはずっと村にいてもらいたいですから。いえ、だからって重兵衛さんを村に縛ろうなんて気はないんですよ。……まったくないとは申しませんが」

正直なものいいに、重兵衛は笑ってしまった。

「楽しそうですね」

おそのがやってきて、田左衛門の隣に座った。

「ずいぶん遠慮深いな」

田左衛門がまじめな顔でいう。

「我慢しないで重兵衛さんの隣に座らせてもらえばいいじゃないか」

「ちょっとお父さん、なにいってるの」

「見ろ、重兵衛さんだっておまえが離れて座るから残念そうじゃないか」

えっ、とおそのが見る。

重兵衛は少しあわてた。

田左衛門がにんまりと笑った。

「ほら見ろ、図星だったようだぞ」

重兵衛は笑顔をつくり、話題を転じた。

「おそのさん、握り飯はそれかな」

「ああ、ごめんなさい」

おそのは手にしていた竹皮包みを手渡してきた。ありがとう、と重兵衛は受け取り、さっそくひらいた。

海苔《のり》で巻かれた大きめの握り飯が三つ並んでいる。さっそくかぶりついた。

中身は梅干しで、酸っぱさが疲れた体に染みこんでゆく気がした。

侍だったとき、こんなにうまい食事をとったことがあっただろうか。

覚えはない。やはり俺はこのままこの村で暮らし続けたほうがいいのだろうか。

重兵衛が侍であるとわかってしばらくは村人たちも重兵衛に対し、距離を置いたつき合い方をしていた。どんなによくしたところで、いずれ手習師匠を辞して国に戻ってしまうお人だからという気持ちを誰もが抱いていたようだ。

ただ、その後も重兵衛が村から離れようとしないのを見て、このまま居続けてくれるのかもしれないと踏んだらしく、接し方はゆるやかだが以前と同じものに戻りつつあった。

重兵衛はおそのがいれてくれた茶を飲み、息をついた。腹に染み通るあたたかみが心地よい。

無言のときが穏やかに流れた。中天にある太陽がわずかに傾きはじめている。

「さあ重兵衛さん、はじめましょうか。もうおなかもこなれたでしょうし」

田左衛門が立ちあがり、おそのも続いた。

重兵衛は鍬を持ち、野良仕事に励んだ。

その後、いつものように田左衛門の屋敷に招かれ、一番風呂に入れられた。これはさすがに気持ちがよかった。これまでの鬱屈《うっくつ》が汗とともに洗い流された気がした。

風呂からあがると、食事だった。

おそのの包丁は相変わらず達者で、料理は文句のつけようのないほどうまかった。田左衛門には酒を勧められたが、重兵衛は固辞した。

「こんなにうまいもの、飲めないという人の気が知れませんよ」

しばらく歓談したのち、重兵衛は田左衛門の屋敷を辞した。帰り際、外に見送りに出てきた二人に深く礼をいった。

「本日は本当にありがとうございました。お二人のおかげです」

「手前どものおかげですか。はて、いったいなんのことです」

重兵衛は答えず、笑顔のまま帰途についた。

今日一日、きれいさっぱりと遠藤恒之助のことを思いださなかった。

こんなに軽い気持ちでいられるのは、いつ以来か。

唄でも口ずさみたいような気分で重兵衛は白金堂への道を歩いた。

あと一町ばかりで着くというとき、雪のかたまりでも背中に入れられたかのようにひやりとしたものを重兵衛は感じた。

じっとりといやな汗が背筋を流れてゆく。風呂に入った爽快感など、どこかへ消し飛んでいった。

(誰かが見ている)

誰なのか。決まっている。

重兵衛は足をとめ、あたりを見まわした。

闇のなか、獣のような鋭い瞳がなめまわすように見つめてくる。その目には殺気が十分すぎるほどこめられている。

腰には脇差しかない。いま襲われたらどうなるか。

しかしやるしかない。

重兵衛は覚悟を決め、腰を落とした。

どこからか襲いかかってくるはずの遠藤恒之助を、神経をとがらせて待った。

そのままときが流れていったが、肌が粟立《あわだ》つ感じは消えない。

ふと、眼差しが消えた。喉元に突きつけられていた匕首《あいくち》がはずされたように体が楽になった。

まだときが満ちておらぬだろうが。

重兵衛は、頭のなかをそんな思いが占めてゆくのを感じた。まるで遠藤の考えを察知したかのようだ。

いや、まちがいなく遠藤は念を送ってきたのだ。ということは、常に相手のことを考えているのは俺だけではない。

重兵衛は歩きだした。近くにもはや遠藤がいないことを確信している。

以前、祖父に剣豪同士の戦いのことをきかされたことがある。

祖父がいうには、いつも相手のことを考えてばかりいる二人は、まるで仲のいい兄弟のように互いの気持ちが通ずるようになってゆくことがある、とのことだった。

仲のいい兄弟か、と重兵衛は思った。冗談ではない。やつは弟の仇だ。

八

のんびりしてやがったな、と恒之助は思った。やつが野良仕事をしている最中も、ずっと見続けていた。

さっきだって眼差しに気づかれる前に近づき、殺すことなど造作《ぞうさ》もなかった。

だが、それではおもしろくない。そう、まったくおもしろくない。

興津重兵衛のあのしぶとさ。それを打ち破ったとき体の奥底からわきあがるはずの快感を手にしたいのだ。簡単に殺してしまっては、なんにもならない。

闇のなか、黒々とした輪郭を浮かびあがらせて一軒の家が見えてきた。道を右に曲がってすぐの路地をまわりこみ、枝折戸を入る。

沓脱ぎで草履を脱いでいると、背後の腰高障子がひらき、女が顔をだした。

「どちらへ行っていたんです」

甘え声でお麻衣《まい》がきく。

「友のところだ」

お麻衣が驚きを顔に刻む。

「俺に友などいるのか、か」

「いえ、滅相もない」

恒之助は縁側にあがった。

「隠さぬでもよい。確かに、おまえの思っている通りでな。ただ、俺が勝手にそうだと思いこんでいるだけだ」

「興津重兵衛ですか」

「さすがだな」

恒之助は笑った。頰の傷がひきつる感じがある。笑ってみせると、誰もがかすかに体を引き気味にする。最初は乙左衛門ですらそうだった。

乙左衛門との出会いを思いだす。

会いたいと思っていても、相手は忍びでなかなか会えなかったが、いろいろ動きまわっているうち、向こうのほうから近づいてきた。

恒之助が手を組みたいとの希望を伝えると、乙左衛門は拍子抜けするほどあっさりと了承した。

「よかろう。お互い興津重兵衛を葬るという点では同じ目的を有する者同士。手を取り合って、必ずや興津重兵衛を倒そうぞ」

恒之助が乙左衛門を頼ったのはとりあえずの住みかと食い物がほしかったからにすぎず、興津を討つのは自らの力でやり遂げる気でいる。

その気持ちを知らぬはずはないが、とにかく乙左衛門はこの住みかを提供してくれた。しかも女つきで。

「食事はいかがいたしますか」

空腹だ。まだ五つにもなっていまい。この刻限なら、明日腹がもたれるようなことはまずなかろう。

「もらおうか」

鮭《さけ》の切り身に味噌汁、大根の漬物が手ばやく用意され、茶碗に白飯が盛られた。

「相変わらずうまそうだな」

お麻衣も忍びの一人だろうが、包丁が達者で、なにをつくらせても美味だ。

恒之助は食べはじめた。

お麻衣がじっと見ている。

「なんだ、傷が珍しいか」

「ええ、とっても」

「忍びならそんなことはなかろう」

お麻衣は若い娘のように明るく笑った。

「本当は、ずいぶんおいしそうに食べるな、って感心していたんですよ」

「実際うまいぞ」

「お上手ですこと」

飯を食べ終えた恒之助は茶を喫した。ふっとお麻衣を見る。

「おぬし、歳は」

「なんです、急に」

「前からききたいとは思っていたのだ。俺と同じくらいか」

「遠藤さまは二十五ですよね。でしたら私より一つ上です」

恒之助は膳に湯飲みを戻した。

「思った以上に若いのだな」

ふふ、とお麻衣は笑みを漏らした。

「女に向かって遠慮のないお口ですこと」

「生まれたときから忍びか」

「はい」

「忍びというのは、幼い頃から厳しい鍛錬《たんれん》を受けるというが、それもまことか」

「ええ」

「おぬしも諏訪《すわしの》忍びとして恥じない技を持っていると考えてよいのだな」

お麻衣は自信たっぷりにうなずいた。

「では、俺に忍びの技を伝授してくれぬか」

お麻衣は目をみはった。

「本気ですか」

「ああ。是非頼みたい」

「今のままでは興津を倒せぬのですか」

「殺れるだろうとは思う」

「だったらなぜなのです」

「殺れるだろうでは駄目なのだ。殺れる、その確信が生まれてこなくてはな。正直にいえば、さっきまではそんな弱気など心のどこを捜《さが》してもなかった。それがなぜか今は興津重兵衛に怖さを感じてならない。やつはきっともっと強くなる。そのやつを倒すためには俺も強くならなければ」

そうなのだ。今日、興津の顔を見て、やつが稽古を繰り返しているのがわかった。相手のいない一人稽古だが、やつが思い浮かべているのは紛れもなくこの俺だ。

目の前に像を描き、俺の太刀筋を思い浮かべながら刀を振るっている。

さっきだって殺らなかったのは、実をいえば本能が待てをかけたからだ。今の俺では危ういかもしれないことを体に棲《す》む獣が教えたのだ。

お麻衣がじっと見ている。恒之助が見返しても、目をそらさない。

「わかりました。お教えいたしましょう。でも、お頭のお許しをいただいてからですよ。許しを得ずに勝手をしたら、ただではすみませんから」

「勝手をしたら殺されるのか」

「そのおそれもないとは……」

「ふむ、怖いな。乙左衛門は諏訪家にうらみを抱いているようだが、なにがあったかおぬし、知っているのか」

存じません。お麻衣は首を振った。

「おぬしが知らぬなら、いずれ乙左衛門からじかにきいてみよう」

恒之助が湯飲みを持つと、お麻衣が茶を注いでくれた。

「これは乙左衛門からきいたのだが、人に濡衣《ぬれぎぬ》を着せる、という商売をしているらしいな。儲かるのか」

「そちらはぼちぼちといったところでしょうね。仕事が仕事だけにさほど依頼はないと思います。こういう商売をしているぞ、と声高に触れまわっているわけではないですし」

「その口ぶりからすると、おぬしは関わったことがないようだな」

「そんなことはございません。高島では、興津屋敷に百両を置いてまいりましたし」

恒之助は目を丸くした。

「おぬしの仕業だったのか。これはいよいよ教えを受けるのが楽しみになってきたな」

恒之助はお麻衣を見据《みす》えた。

「ほかにも楽しみはあるが」

お麻衣に手を伸ばす。お麻衣は逆らわず、恒之助に身を預けてきた。

四半刻後、満ち足りた思いで恒之助は息を吐いていた。

お麻衣は床上手だった。これも乙左衛門あたりに教えられたのかききたかったが、さすがに野暮だろうな、ということで恒之助は口を閉ざした。

お麻衣がそっと手を伸ばし、頬をさわってきた。

恒之助も傷に触れてみた。いやな感触だ。いきなり憎しみが猛烈な勢いで心の壺に注ぎこまれ、一気にあふれんばかりになった。

この傷をつけた松山輔之進《すけのしん》を殺してやりたくてならない。知らず恒之助は拳《こぶし》をかたく握り締めている。

お麻衣がはっと体を引く。

気にするな、というように恒之助は首を振った。

だが、それよりもまず先に興津重兵衛だ。

興津を殺ってから高島に行き、松山を殺す。

九

「お師匠さん、さよなら」

手習が終わった途端、重兵衛を避けるように手習子たちが駆けだしてゆく。

重兵衛はどうしようもない寂しさを覚えたが、今はどうすることもできなかった。

切るほどではない。

よし、行くか。

重兵衛は白金堂を出た。

今日も天気がいい。冬らしく、江戸は好天が続いている。風は冷たいが、それでも身を切るほどではない。

歩きながら、雪が積もっている富士の山を見た。あまり力を感じさせない陽射しといえどもその白さを際立たせるには十分で、しばし重兵衛はその美しさに見とれた。

不意に、その白い山肌に人の顔が映ったように見えた。

遠藤恒之助だ。

重兵衛は顔をしかめた。目をごしごしこすったが、消えてくれない。

富士山から目を離すと、ようやくいなくなった。

こんなことでもつのだろうか。

重兵衛は一気に重くなった足取りで道を歩いた。

木挽町《こびきちょう》に入った。以前、人目を気にしつつこの界隈《かいわい》を歩いたことを思いだす。遠藤のことは別にして、今の身軽さはありがたい。

諏訪家の上屋敷に到着した。

門衛に、留守居役に面会したい旨を告げる。

これまでに何度か訪れていて顔見知りの門衛は、すぐ取り次いでくれた。

案内の者に先導されて、上屋敷のなかを進んだ。

いつも通される座敷に重兵衛は腰を落ち着けた。だされた茶に手をつけることなく、相手があらわれるのを静かに待つ。

やがて襖の向こうに人が立つ気配がした。軽い咳払いが聞こえた。

「失礼するぞ」

襖がひらき、一人の男が入ってきた。きびきびと動いて重兵衛に軽く会釈し、正面に正座した。

重兵衛を見て、むっと顔をしかめる。

「ずいぶんと疲れておるようだな。大丈夫か、興津」

目の前で気がかりそうな表情をしているのは、以前、重兵衛を兄の仇として江戸へ追ってきた松山輔之進が上屋敷に逗留《とうりゅう》していた際、いろいろ面倒を見てくれたときいている塚本《つかもと》三右衛門《さんえもん》だ。

「かたじけなく存じます。しかしご心配には及びませんぬ。今のところはなんとかやれております」

「今のところは、か」

三右衛門はつぶやくようにいい、小さく顎をしゃくった。

「ま、茶でも飲め」

重兵衛はありがたくすすめにしたがった。早足で半刻ほど歩いてきて、喉が渇いていた。

「もっと飲むか。持ってこさせるぞ」

遠慮を見せるのも悪い気がして、重兵衛はその言葉に甘えた。

三右衛門は手にした茶碗を、背筋を伸ばした姿で傾けている。

今、諏訪家の江戸家老は空席になっている。眼前の三右衛門がその座に座るのでは、という噂《うわさ》がもっぱらであることを重兵衛は知っている。

三右衛門が茶碗を置いた。二杯目を飲み干した重兵衛が人心地ついたのを確かめて、口をひらく。

「今日はどうした。なにかあったのか」

重兵衛は、昨日遠藤恒之助の眼差しにさらされたことを告げた。

「遠藤にまちがいないのか」

三右衛門が目を見ひらいた。

「まちがいございませぬ」

「すぐに襲ってくると思うか」

「そればかりはわかりませぬが、今のところは大丈夫のような気がいたします」

三右衛門が細い息を静かに吐く。

「殺れるか」

「殺れます」

重兵衛は断言した。

「それがしが今も江戸にとどまっておるのは、その一点がためです。主命の重さも理解しておりますし、弟の仇ということもあります」

重兵衛は主君から、遠藤恒之助を討つように命じられているのだ。飾りが立派な刀はあるじから与えられたものだ。

主君や重臣たちとしては、前の江戸家老石崎内膳《いしざきないぜん》のしでかした不始末を公儀に知られることだけは避けたいと考えている。

重兵衛としては知られたところでたいした咎めもあるまいと考えているが、上の者たちはそうは思えないようだ。

実際のところ、もう七十年以上前の宝暦《ほうれき》年間に起きた『二の丸騒動』では公儀の介入を受けている。諏訪家は前科持ちであるという意識が上の者にはあるのだ。

もし石崎内膳の不始末を公儀に知られたらどうなるか。取り潰しまであるのではないか。

重臣たちの頭はその恐怖で一杯だ。

お互いの意識のちがいはどうあれ、侍である以上、重兵衛は命にしたがうつもりでいる。お家大事の気持ちはわかりすぎるほどわかるし、それに、遠藤の策にはめられたとはいえ、松山市之進を殺してしまった過失を不問に付してくれた恩もある。それをむげにはできない。

「ところで、あちらの調べは進んでおるのですか」

「あちらというと。ああ、諏訪忍びのことか」

三右衛門は首を振った。

「調べてはおるが、今はまだわからぬ。首領が誰かもわかっておらぬ」

諏訪忍びも遠藤恒之助同様、重兵衛を標的としているはずで、いずれ姿をあらわすのはまちがいない。

重臣たちとしては、石崎内膳の手足として動いていたこちらの口も封じたいのは確実で、いずれ重兵衛はその役も担わされるものと踏んでいる。

三右衛門が茶碗を手にした。空であるのを知り、苦笑して茶托《ちゃたく》に戻した。

「いずれはっきりしたことはわかろう。興津、それまで待っていてくれ」

これは前回とまったく同じ返答だが、三右衛門はいい加減なことをいう人物ではない。

重兵衛への遠藤殺しの命にも、腹のなかではどうやら賛同していないようだ。

よろしくお願いいいたします。重兵衛は畳に手をそろえた。

十

上屋敷を出た重兵衛は道を戻りはじめた。

冬の短い日が暮れはじめているが、富士はまだはっきり見えている。

また遠藤恒之助のことが脳裏に戻ってきた。重い気分になる。

なんとかしなければ。

気ばかり焦るが、いい手立ては浮かんでこない。

道が麻布に入った。

一人の男の顔が頭に浮かんできた。

これまで何度も思い浮かべてはいたのだが、迷惑がかかることを怖れていつも思案の外へ追いやっていた。

だが、と重兵衛は決断した。ここは頼るしかないようだ。

よし行こう。重兵衛は方向を転じ、西へ足を向けた。

やがて道場が見えてきた。

しばらく訪れておらず、堀井《ほりい》道場と大書された看板に懐かしさすら覚えた。このところあまり足を運ばなかったのは、頻繁に訪問することで遠藤が左馬助《さまのすけ》たちに目をつけるのが怖かったからだ。

道場に入る前、あらためて背後の気配を探った。ここに来るまで常にうしろを気にしていたが、遠藤らしき者の姿を目にすることはなく、眼差しも感じなかった。

道場からは、激しい竹刀《しない》の音と裂帛《れっぱく》の気合がきこえてきた。相変わらず活気に包まれており、道場が順調にいっていることが察せられた。

「おう、よくぞ来てくれた」

左馬助は満面の笑みで迎えてくれた。

左馬助はもともと三河刈屋《みかわかりや》の出身で、江戸へは国許で起きた事件の絡みで出てきた。重兵衛はその事件を通じて左馬助と知り合ったのだが、その後は馬が合うというのか、親しいつき合いを続けてきた。

今、左馬助は堀井新蔵《しんぞう》の娘を妻にし、道場の師範代をつとめている。正義感の強いとても気持ちのいい男で、人なつこい笑顔は気持ちをほっとさせてくれる。重兵衛は厚い信頼を寄せており、このまま一生、友人同士でいられるとかたく信じている。

「ずいぶん久しぶりではないか。さあ、あがってくれ」

二人して道場に入る。

「重兵衛、少しやせたか」

「かもしれぬ」

左馬助が眉を曇らせる。

「なんだ、気がかりでもあるのか」

「あとで話す。まず竹刀を持たせてくれぬか」

「よし、久しぶりに俺と手合わせするか」

重兵衛は防具を身につけ、竹刀を手にした。道場のまんなかで左馬助と向かい合う。面のなかで左馬助がはっとした顔つきになったのが見えた。

重兵衛がじりと一歩出ると、左馬助が押されたように下がった。

重兵衛はかまわず足を進ませ、左馬助の面に竹刀を打ちおろした。左馬助は弾きあげたが、大きく体勢を崩した。重兵衛が突っこもうとすると、左馬助はすばやい足の運びで重兵衛の間合を逃れた。

重兵衛はさらに踏みこみ、胴を狙った。左馬助は受け、反撃に出てきた。逆胴、面、小手、とめまぐるしい攻撃が展開された。

そのいずれも重兵衛ははね返した。左馬助が肩で息をしている。重い鎧でも着て動きまわったかのように疲れきっている。

重兵衛は竹刀をかまえつつ、左馬助をじっと見つめた。

どうした左馬助、どこか悪いのか。無言で問いかける。

左馬助は首を大きく振った。そんなことはない、続けよう。

左馬助が上段から竹刀を振りおろしてきた。重兵衛は鋭く打ち返し、左馬助が右に出ようとしたところへ逆胴を見舞った。

竹刀は深々と胴をとらえ、左馬助はがっくりと膝をついた。

「一本それまで」

審判役をつとめた堀井新蔵が右手を高々と掲げる。見守っていた門人たちから、ああ、とため息が漏れた。

うつむき気味に左馬助が壁際に下がり、面を取った。

重兵衛は左馬助の横に正座した。

「どうした、左馬助」

小声できく。

「なんでもない。俺の体調は万全だ。つまりはおぬしが強すぎるのだ」

左馬助はとめどなくあふれてくる額の汗を手拭《てぬぐ》いで拭《ふ》いている。

「かなわぬのははなからわかっていたが、重兵衛、なぜか今日はおぬしが馬鹿でかく見えたよ。とてつもない重さを感じた。まるで城の石垣にでも挑んでいるようだった」

「重兵衛どの」

新蔵が声をかけてきた。

「門人たちとも手合わせしてもらえぬかな。左馬助の仇を討ちたくて、誰もがうずうずしておる」

重兵衛はうなずき、道場の中央に立った。

最初に立ち合いを望んだのは、左馬助の次の実力者と目《もく》されている男だった。

しかし重兵衛の相手ではなかった。左馬助を叩きのめした手前、この男に善戦させたのでは左馬助に申しわけないという気持ちから、重兵衛は容赦なく竹刀を振るった。

続けざまに五人を相手にしたが、重兵衛の息はまったく乱れなかった。

「これはいかにも強すぎるな。わしが相手をするしかないか……」

つぶやくようにいって新蔵が竹刀を手にした。軽く素振りをくれてから、重兵衛の前に立った。

左馬助が審判役にまわる。

重兵衛は新蔵と相対した。

さすがにこれまでの相手とは迫力が格段にちがう。重兵衛は気圧されるものを覚えた。知らず足が下がろうとするのを、へそのあたりに力をこめて必死に踏んばる。

目の前の男は、自らの腕を喧伝《けんでん》するような人柄ではないためその剣技を知る者はそう多くないが、江戸でも五指に入る剣客といわれている。その評に異論を唱えるつもりなど、重兵衛にはこれっぽっちもない。

細められた目が竹刀越しにじっと見つめてくる。重兵衛は金縛《かなしば》りに遭《あ》ったように動けない。真剣を十本ほども持たされたように竹刀が重く感じられる。

新蔵がつつと氷の上を滑るような足さばきで進んできた。重兵衛は我知らず見とれた。

そうと気がついたときには竹刀が眼前に迫っていた。重兵衛はやられたと思ったが、岩でも打ったような衝撃が竹刀を通して伝わってきた。腕が勝手に動いて、はねあげてくれたのだ。

重兵衛は我に返った。すでに新蔵は左へ動いている。重兵衛は踏みだし、やや浅い角度で新蔵の面を狙った。

竹刀は空を切り、新蔵の姿がかき消えた。重兵衛は新蔵を見つけようとして、とどまった。右手にいるのが直感できた。そちらに竹刀を送りかけて、さらにとどまった。

罠《わな》だった。素早く反転した新蔵は左から攻撃を仕掛けようとしている。

重兵衛は心の目で新蔵を捜しだし、竹刀を振るった。

手応えはなく、かわされたことをさとったが、さらに竹刀を胴に振った。びしりという音が大きく耳を打つ。胴をとらえたわけではなく、新蔵に打ち返されたにすぎなかった。

重兵衛はひそかに息を入れ、足をとめた新蔵と対峙《たいじ》した。

不意に新蔵が一つの黒い影に変わった。獰猛《どうもう》な顔をしており、なぜか真剣を握っていた。

忍びのように跳躍し、襲いかかってくる。目にもとまらぬはやさで刀が伸びてきた。

重兵衛はなんとか弾きあげた。影が右にまわりこむ。

重兵衛は追った。そのときには影は重兵衛の背中を取ろうとしていた。

すぐさま重兵衛は向き直ろうとした。ぎりぎりで間に合って、竹刀が真剣を受けとめた。

重兵衛は鍔迫《つばぜ》り合《あ》いから影を押し返した。

影がうしろにはね飛ぶ。重兵衛はつけこもうとしたが、そのとき手首に痛みが走った。

知らず、竹刀を落としていた。

やられた。次はあの伸びてくる剣だ。

重兵衛は死が間近に迫ったことをさとり、呆然《ぼうぜん》とした。逃げだすこともかなわず、ただかたまってしまっている。

「おい重兵衛、どうした」

横から声がかかる。重兵衛は動けない。

「おい重兵衛、しっかりしろ」

左馬助の声だ。重兵衛は覚醒した。

はっとして向き直ると、そこには心配そうな左馬助の顔があった。

「大丈夫か」

「あ、ああ」

重兵衛はかたわらに転がっている竹刀を拾いあげ、新蔵を見た。

「失礼つかまつりました」

「重兵衛どの、ちょっと奥へ来なさらんか」

門人に竹刀を預けた新蔵がいざなう。

奥の間で重兵衛は新蔵と向かい合った。横に左馬助も来た。

「重兵衛どの、わしと対したときいったい誰を目にしておったのかな」

新蔵が穏やかにただす。

この人をごまかすことなどできない。それに、はなからそのために道場を訪れたのだ。

重兵衛は口にした。

「そうか、重兵衛、おぬし、あの遠藤恒之助を……」

左馬助がいい、新蔵が苦笑した。

「わしが遠藤のごとき剣鬼に見えたとは……相当重症じゃの」

「重兵衛、おぬし、いつも遠藤のことを考えておるのか」

「頭から離れぬ」

「おぬしが発している手負いの獣のような気はそのためか」

左馬助が納得したようにいう。

「それに、いつもあのような男のことを気にかけておるのだったら、その疲れた顔もうなずける。神経が休まる暇もあるまい」

「しかし、重兵衛どのの腕は確実にあがっておるぞ。この前対したとき、あれは一月ほど前か、あのときとは段ちがいだ。――重兵衛どの」

新蔵が呼びかけてきた。

「いつも遠藤を念頭に一人稽古に励んでおると見たが、いかがかな」

「ご慧眼《けいがん》、畏《おそ》れ入《い》ります」

「わしは遠藤恒之助とじかに会《お》うたことはないが、それだけでこれほど腕をあげさせるとは、恐るべき男じゃの。左馬助、その遠藤を我が道場に招き入れたいものじゃな」

「義父上《ちちうえ》」

左馬助がたしなめるようにいうと、新蔵は、冗談じゃ、と笑った。

「ところで重兵衛どの、今日はなんの用でまいられた。まさか、わしらとただ稽古をしたかったわけではなかろう」

「お二人と竹刀を合わせたかったのは紛れもない事実です。もう一つの理由は――」

続けようとした重兵衛を、新蔵がいたずらっぽく笑ってさえぎった。

「当ててみせようか。遠藤を打ち破る剣の工夫をしたいのであろう。一人では確かに限界があるものな。重兵衛どの、どれだけ稽古を積み重ねようと遠藤の剣に対する恐怖心が抜けぬのじゃな」

「その通りです」

重兵衛は認めた。

「残念ですが、それがしでは遠藤の相手にはなりません。今のままでは、弟の仇としていくら心を奮い立たせたところで、ただ殺されるだけでしょう」

「重兵衛どの、おぬし、勝てる自信を持てぬというのは、もしや生まれてはじめてのことではないのかな」

重兵衛は自らを顧みた。確かに新蔵のいう通りだ。

「やはりな。そのとまどいが表情によく出ておるよ。もし仮にわしが相手でも重兵衛どのが本気をだせば、勝負はどちらに転ぶかわかるまい。いや、おそらくわしがやられるであろうな」

そういって新蔵は考えに沈んだ。やがて決意をみなぎらせた顔をあげた。

「重兵衛どの、覚悟はあるのか」

「はい、むろん」

「いや、遠藤を葬る覚悟のことをいっておるのではない。重兵衛どのがこれまでの厳しい修練で得た剣を捨てる覚悟、ということじゃ。人を殺すために剣を習う、そんなことはこれまでになかったのであろう」

迂闊《うかつ》だった。重兵衛は唇を嚙み締めて、こうべを垂れた。

「人を殺すために剣をものにする。そういう心持ちで習得に当たれば、きっとおぬしが手にする剣は邪剣になってしまうぞ。つまり、おぬしは遠藤恒之助と変わらぬ男になってしまうやもしれぬ。それでもよいのか」

弟の仇を討つ。そのことでまさかこれだけの覚悟を求められるとは思ってもみなかった。

しかし、もうあと戻りはできない。

「ふむ、覚悟を決めた顔じゃの」

新蔵が深くうなずく。

「わしが教えるという手もある。しかしわしのはしょせん道場剣法じゃ。人を殺すための剣の伝授はできぬ。一人よい男がおる。遠藤を破るにきっといい手助けをしてくれよう。今、紹介状を書いてやろう。行くがよい」

紹介状を手にした重兵衛は、今すぐにでも向かいたかった。

ただし、すでに日が暮れていた。訪問は明日にするしかなかった。

第二章

一

「お嬢さま、どうやらこちらのようですね」

「灯《あか》りを寄せなさい」

いわれてお以知《いち》が看板に提灯を近づける。『幼童筆学所』という文字が浮かびあがった。

「お以知、そこに扁額《へんがく》がかかっています。なんと書いてあるか教えなさい」

お以知は近寄り、白金堂、と読みあげた。

「わかりました。こちらでまちがいないようですね」

「でも、真っ暗ですね。重兵衛さまはいらっしゃらないのではないですか」

「きっとお出かけになっているのでしょう」

吉乃《よしの》は道をまわりこみ、庭があるのでは、と見当をつけたほうに向かった。

思った通り、そこにはこぢんまりとした庭があり、建物には縁側がつけられていた。

吉乃は枝折戸をひらき、庭に入った。こちら側も真っ暗で、人けはまったく感じられない。

それでも深く呼吸をした吉乃は、よく通る声で、重兵衛さま、と呼んだ。

応えはない。

「やはりお留守のようですね」

「どういたしますか、お嬢さま」

お以知が不安げにいう。

「ここからですと、東海道とはそんなに離れておりません。そちらに出ればいくらでも宿はあるはずですが」

「ここまで来ているのに宿に泊まるなど、もったいなさすぎます。それにもう歩くのにも飽き飽きしました。今宵《こよい》はこちらに泊まります」

断固とした口調で吉乃は告げ、縁側に腰をおろして草鞋を脱ごうとした。

「ちょっとお嬢さま、重兵衛さまのお帰りをお待ちにならないと」

「いつ帰られるのかわからぬのですよ。それまでずっとここで立ちんぼうですか。そんなのはいやです。私はなかで待ちます」

吉乃はこうと決めたら、変えることはない。そのことはお以知も心得ているはずだ。

「お以知、なにをぼうっとしているのです。はやくたらいに水を入れてきなさい」

「たらいに水ですか」

「足を洗えぬでしょう」

「でも、たらいはどこにあるのです。それに井戸だってどこなのか……」

「はやく探しなさい。おそらくそちらのほうでしょう」

吉乃は建物の裏のほうを指さした。ため息をつきたげな顔でお以知が走りだす。

やがて、お以知は水をたっぷりと入れたたらいを抱えて戻ってきた。

「ほら、ちゃんとあったでしょう。どこにあったのです」

「たらいは台所と思える場所の外に立てかけてありました。井戸は裏庭に」

「私の読み通りでしたね」

吉乃はさっそくたらいに足をつけた。

「冷たいっ」

お以知が、吉乃があげようとした足をがっちりとつかんだ。

「なにをするのです」

「我慢してください。江戸の水など、高島にくらべたらぬるま湯も同然でしょう」

「冷たいだけじゃありません。とてもしみるのです」

ここまで慣れない旅をして、足につくったまめをいくつ潰したかわからない。

「我慢してください。ちゃんと洗っておかないと、まめが化膿《かのう》するかもしれないですよ」

「脅すのですか」

「あらお嬢さま。私の曽祖父《そうそふ》のこと、以前お話ししましたけどお忘れになりましたか」

「覚えています。野良仕事の怪我《けが》を放っておいて、足が腐って亡くなったって話でしたわね。わかりました。はやく洗いなさい」

吉乃は再びたらいに足をつけた。

お以知にていねいに洗ってもらってさっぱりした吉乃は縁側にあがり、腰高障子をあけた。

「暗いわね」

ずんずんと進み、行灯《あんどん》を隣の間で見つけた。

「お以知、なにをしているのです。はやくいらっしゃい」

お以知があわててやってくる。

「私も足を洗っていたのです」

「はやくつけなさい」

「なにをです」

「これです」

「お嬢さま、まだ行灯のつけ方がわからぬのですか」

「わからぬのではないのです。自分でつけるのが面倒なだけです」

「また屁理屈《へりくつ》を……」

「屁理屈とはなんです。謝りなさい」

「はいはい、申しわけございません」

お以知は行灯に火を入れた。

「明るくなった。お日さまが射したみたいね。お以知、ありがとう」

お以知がうれしそうにほほえみ返す。

「お以知、私たちの部屋はここに決めましょう。荷物を取ってらっしゃい」

「でも勝手に決めてよいのですか」

「かまわぬでしょう。お以知がいやなら、隣にしますか」

吉乃は襖をあけた。

こちらは六畳間だ。文机があり、たたまれた夜具が隅に置かれている。どうやら重兵衛はここを自室にしているようだ。

床の間に刀架があり、それに立派な刀がかけられているのに気づいた。吉乃は歩み寄り、手に取った。

「ずいぶんきれいな刀ですこと。でも、重兵衛さまには似合わないわ」

「お嬢さま、勝手にさわっては」

吉乃は慣れた手つきで抜いた。ひぇ、とお以知が悲鳴をあげる。

吉乃はかまわず刀身をじっと見た。

「手入れはだいぶされているようです。ということは、やはりこれは重兵衛さまの」

吉乃は首をひねった。

「でも、どうしてこんな華奢な刀をお持ちなのかしら」

鞘におさめ、刀を刀架に戻す。

「お以知、でもこの部屋はなにか臭くないですか」

お以知が鼻をくんくんさせる。

「男の人の匂いではないですか」

「では、重兵衛さまのですね」

吉乃はお以知をにらみつけた。

「どうしてそんな怖い顔をされるのです」

「お以知、今のは秘密にしておくのですよ」

「今のとは。ああ、臭いっておっしゃったことですか。話しませんよ」

「信用します。ほらお以知、ぼやぼやしてないで、はやく荷物を取ってらっしゃい」

外に向かったお以知を見送って、吉乃は隣の間に戻った。ふうと息をついて座りこむ。

ようやくたどりついて、気が抜けたような心持ちになっている。

でも、と思った。これからが正念場だ。がんばらねば、と心に誓う。

お以知が荷物を運んできた。

「さっそく新しい着物に着替えましょう。どこにあります」

「確かこちらに」

お以知が荷物の一つを解《ほど》く。

「ありました。お嬢さま、こちらでよろしいですか」

お以知が取りだしたあかね色に幸菱《さいわいびし》の小袖を吉乃はまとった。お以知も手ばやく着替えを終える。

「それにしても重兵衛さまはおそいですね」

「はい、いったいどちらへ行かれたのでしょう」

「いずれ帰ってこられるでしょうが」

吉乃は顔をしかめた。

「でもお以知、いくら重兵衛さまの匂いとは申せ、やっぱり臭いのは気になりますね」

「でもしばらく逗留していれば、慣れるのではないですか」

「慣れるのなど、いくら重兵衛さまのものとはいえ、いやです。これはきっと掃除が行き届いてないからですわ」

「まさか、お嬢さま」

「そのまさかです。掃除をしましょう」

「今からですか」

「当たり前でしょう。お以知、さあ、はじめますよ」

吉乃は手際よく襷《たすき》がけをした。お以知が裏庭に出て、再びたらいに水をくんできた。雑《ぞう》巾《きん》は吉乃が台所で見つけた。

さっそく廊下の拭き掃除をはじめたが、吉乃は足を滑《すべ》らせ、雑巾に顔を突っこませた。

「お嬢さま、大丈夫ですか」

お以知が駆けつける。吉乃は、ぺっぺっと唾を吐いた。

「ま、お嬢さま、なんてはしたない」

「仕方ないでしょう。口のなかがどぶみたいな臭いで一杯になってしまいました」

「お嬢さま、廊下は私がやります。私たちの部屋をこれでお願いします」

お以知に手渡された箒《ほうき》を手に、吉乃は部屋に入った。

箒をつかいはじめた。さっさと調子よく掃《は》いていると、箒がなにかに当たった。

なぜか一気に部屋が暗くなった。すぐにまた明るくなったが、それは倒れた行灯が燃えはじめているからだった。

「お以知、はやく来なさい」

吉乃が叫ぶと、お以知が駆けこんできた。

「どうかされましたか」

「はやく消して」

仰天《ぎょうてん》したお以知はあわててあたりを見まわした。

「なにかはたく物を」

吉乃は手近にあった物を手渡した。

お以知が必死に炎を叩き続けたおかげで、火事にならずにすんだ。

「危ないところでしたね、お以知」

暗闇のなか、お以知はげんなりした顔だ。

「でもきっと畳が焦《こ》げましたよ」

「行灯はこれ一つだけかしら」

「そんなことはないと思いますが……はいはい探してまいりますよ」

　お以知はどこからか行灯を持ってきた。

「どこにあったのです」

「教場というんですか、そちらに」

　お以知があらためて行灯を灯した。あっという顔をする。

「これ、私の着物じゃないですか」

　炎で半分焦げている。

「もうこの着物、駄目ですよ。二度と着られないじゃないですか」

「でも、ほらお以知、ご覧なさい。畳は大丈夫のようですよ。あなたのおかげです」

「そんなの慰めにもならないですよ。……お気に入りだったのに」

「そんなに落ちこまなくてもいいですよ。国に帰ったら、ちゃんと新しいのを買ってあげますから」

「でしたら、江戸で買ってください」

「お以知、あなた、さすがにただでは転ばぬのですね」

「別に転んだつもりなんてないですけど、でも高島より江戸の物のほうがいいに決まっていますから」

「それはそうでしょう」

「ところでお嬢さま、掃除はどうされます」

「もちろん続けますよ」

「はあ、そうですか。……でしたらお嬢さま、教場を掃除いたしましょう。あそこは広いですから、きっとなにも起きませんよ」

吉乃は、行灯を持つお以知の先導で教場に足を踏み入れた。

「なるほど、これは広いわ」

「でしょう。では、はじめましょう」

再び吉乃は拭き掃除をはじめた。隣でお以知もかたくしぼった雑巾を手にしている。

あまりに広いので、それが逆に吉乃にはおもしろく、野郎畳《やろうだたみ》の上を一気に滑るようにして拭いた。

ただ、調子に乗りすぎた。壁があっという間に近づいてきたのに気づいたが、足はとまらなかった。吉乃は壁に激突した。

神棚から物が落ちてきて、吉乃を直撃した。頭を抱えて吉乃はもだえ苦しんだ。

「お嬢さま、大丈夫ですか」

「大丈夫じゃありません。うう、頭が割れそうです。はやく診《み》て……」

お以知がのぞきこむ気配。

「血は出てないですね。でもこぶができています。はやく冷やさないと」

吉乃は頭に冷たい物が置かれたのを感じた。ただ、それからなにか臭ってくる。いやな予感がし、吉乃はつかんだ。

目に飛びこんできたのは、黒く汚れた雑巾だった。

「無礼者。あなたのような者は斬って捨てます」

吉乃は懐刀に手を触れた。

「お許しを。お嬢さまのことを思って、つい……」

「嘘をいいなさい。さっきの意趣返《いしゅがえ》しでしょう」

「ばれましたか」

お以知が小さく舌をだす。

その仕草を見て、吉乃は笑ってしまった。

二人で落ちてきた物の片づけをした。

「それにしてもお以知、おなかが空きましたね」

「なにかつくりましょうか」

「いえ、あなたは休んでいなさい」

お以知がぎょっとする。

「お嬢さまがなさるのですか」

「なんです。文句でもあるのですか」

「いえ、文句というほどではないのですが……」

「でしたら黙っていなさい。私が包丁を振るったとおわかりになったら、きっと重兵衛さまも喜ばれましょう」

吉乃は台所に向かって歩きだした。

二

むっ、と重兵衛は土手道の上で足をとめた。

無人のはずの母屋に灯りがついている。

今宵、誰かが訪ねてくる予定などない。

一瞬まさかと思ったが、遠藤や諏訪忍びということはまずあるまい。やつらだったら、灯りをつけるなどあり得ない。

それとも村人か。なにかの用で待っているのだろうか。

とりあえず、忍び足で近づいてゆく。自分の住みかなのに、こそ泥にでもなった気分だ。

静かに枝折戸をあけたが、きーといやな音がした。重兵衛は立ちどまって耳を澄ました。

家のなかがざわめき立ったような気配はない。

軽く息をつき、庭に入る。沓脱ぎのそばに二つの草鞋が捨てられている。

縁側に膝であがり、腰高障子に顔を寄せた。

なかから人の話し声がする。それも女同士の会話のようだ。その上、味噌汁らしい匂いが漂ってくる。近所の女房でも来ているのか。それともおそのだろうか。

首をかしげつつも、どうやら害意のある者ではなさそうだ、と判断した。重兵衛は草履を脱ぎ、縁側に立った。咳払いをしてから腰高障子をひらく。

目の前の部屋には誰もいない。話し声がするのは、台所脇の部屋だ。

重兵衛は足早に向かった。

部屋には女がいた。見覚えのあるようなないような若い女だ。

「お嬢さま」

重兵衛が誰何《すいか》する前に、その女が大声をあげた。

「どうしました」

奥からもう一人、女が出てきた。

「吉乃どの」

重兵衛は絶句した。

「どうしてここに」

吉乃は落ち着いている。重兵衛の前にひざまずき、お帰りなさいませ、といった。

「おなかはお空きではありませぬか」

「ああ、腹は減っておるが……」

「支度してございます」

吉乃が半身になって背後を示す。

そこには三つの膳が置かれていた。

「私がつくったのでございますよ」

吉乃が誇らしげにいう。

「お座りあそばせ」

重兵衛はわけのわからぬままその言葉にしたがった。吉乃が差しだしてきた箸《はし》を受け取る。

「あの、どうしてここに」

「その質問の答えはあとで。ご飯が冷めぬうちに、お召しあがりください」

重兵衛は膳を見た。

眉をひそめる。主菜は重兵衛が買っておいた鮭だが、思いきり焦げている。

「あの、これはどうしてこんなふうに」

「すみません、なぜか真っ黒になってしまったんです。でも味には変わりないはずですから、どうぞお召しあがりください」

重兵衛は箸をのばしたが、炭の味しかしなかった。

「おいしいですか」

「ああ、まあ」

重兵衛は味噌汁を手に取った。顔をしかめる。妙に空虚な味だ。どうやらうまくだしがとれていない。

飯も粥《かゆ》のようにやわらかなところと芯が残っているところがまじっており、このまま飲みこんだら腹をくだしそうな気がした。

「重兵衛さま、大丈夫でございますか」

もう一人の女が心配そうな声をだす。

「やっぱり私がつくればよかった……」

「お以知、なにをいっているのです。私のつくったものがまずいとでもいうのですか」

「召しあがればわかります」

「ああ、重兵衛さま、この者はお以知と申しまして、幼い頃から私につきしたがっている者です。それが今度も私に勝手についてきてしまったんです」

「重兵衛さま、お初にお目にかかります。以知と申します」

お以知が深々と頭を下げる。

「勝手についてきたわけでは決してございません。お嬢さまのご両親に命じられ、こうしてまかりこしました」

「私は一人で行くといい張ったのですが、どうしても認められず……」

吉乃が悔しそうにいう。気づいたように箸を取った。

重兵衛は押しとどめた。

「いや、なにも無理をせずとも」

「重兵衛さままでそんな……」

吉乃は意地を張るかのように口のなかに飯を放りこんだ。咀嚼《そしゃく》していたが、すぐに眉根を寄せた。

「生《なま》ですか、これは。こんなに気持ち悪いもの、はじめて食べました」

「それはそうでしょう。いつもは私どもがつくっているのですから」

「そうでしたか。簡単にできると思っていましたが、やはり奥が深いものですね」

「重兵衛さま、明日は私がつくりますから、今日は我慢なさってください」

「お米はお百姓が丹精こめてつくったものだ、すべていただくが……しかし吉乃どの」

重兵衛は向き直った。

「どうしてここに」

吉乃が居ずまいを正す。

「重兵衛さまは、松山市之進さまが私たちの縁談を進めていたことをご存じですか」

重兵衛はうなずいた。

「ですので、私は重兵衛さまの妻となるつもりでおります。でも――」

一つ間を置く。

「俗に申します、押しかけ女房では決してございません。私は重兵衛さまを連れ戻しに来たのです」

「いや、しかしそれは」

「重兵衛さま」

吉乃が声に毅然《きぜん》さをにじませて呼びかけてきた。

「例の一件が解決し、もう一月たちました。それなのに、なぜ重兵衛さまは国にお戻りにならないのです」

殿から命を与えられたのだ、とは決して口にできない。なんといっても、命じられたのは人殺しなのだ。

弟の仇討のため、といえば納得するかもしれないが、背後にひそむことまで目の前の娘は見抜きかねない気がする。

「お牧《まき》さまが、好きなように生きてもらってかまわないと申されているのはよく存じています。なんと申しましても、私がお牧さまのお世話をずっとさせていただいていたのですから」

重兵衛は驚いた。

「吉乃どのが母上の面倒を見てくれたのですか」

「食事はご自分で支度をなさっていました。ですのでご安心を」

お以知が横からいう。

お以知を横目でにらんでから吉乃が続ける。

「でも、重兵衛さまに戻ってきてもらいたい、というのがご本心でございましょう。それに侍であるならば、どんなことがあっても家こそ大事。もし重兵衛さまがお戻りにならないとなると、興津家は断絶しかねません。それでは、ご先祖に申しわけが立たぬではありませぬか」

さすがに重兵衛は言葉につまった。こういわれると、遠藤や諏訪忍びを葬ったあと、国に帰るのがやはり正しいように思える。

しかし……。

「もちろん養子を取れば家は存続するでしょうが、でも重兵衛さま、ことはそんなに簡単なことではないはずです。我が子に跡を取ってもらいたい。母親なら誰でもそう願うはずです」

吉乃がまっすぐ見つめてくる。

「まだ問いにお答えになっていませぬ」

問い、と重兵衛は頭をめぐらせた。

「なぜ戻ろうとせぬのか、か。すまぬが、わけはいえぬ」

吉乃が瞳の力を強くする。まるで遣い手を思わせる目の光だ。実際、吉乃は小太刀をよく遣うときいている。

「では、これ以上はおききしませぬ。でも、重兵衛さまが国に帰るとおっしゃるまで、私たちはここに居続けます」

宣するようにいって、吉乃はすぐに大きくかぶりを振った。

「いえ、おっしゃるまではございません。重兵衛さまは私たちとともに国へお戻りになるのです」

その毅然とした顔には決して揺らがぬ決意が刻みこまれていた。

三

「重兵衛さま、お以知の腕は確かでございましょう」

吉乃が笑いかけてくる。

朝餉を終え、井戸で洗顔し終わったばかりで、かなり冷えこんだ大気のなか、色白の肌がきらきらと光っている。もともと国でも評判になるほどの器量だ。

斜めから射しこんでくる、冬とは思えないほどつややかな朝日のためだけでなく、重兵衛はまぶしいものを覚えた。

黒々とした大きな瞳と広い額はこの娘の持つ聡明さをあらわしているし、鼻筋の通った高い鼻とやや上を向いた顎は気の強さを感じさせる。すらりとした立ち姿は、小太刀の遣い手であることを納得させるに十分だ。歳は十九。

「ああ、久しぶりにうまいものを食った気がする」

いや、そうではない。この前、田左衛門の屋敷に招かれたばかりだ。

「では、いつも食事の支度はご自分でされているのですか」

「ああ。だいぶ腕もあがった。少なくとも誰かさんよりは上だな」

吉乃が軽くにらむ。

「国にお戻りになりさえすればお牧さまがつくってくださいますのに。それに、私もお牧さまに習うつもりでいます。いずれ重兵衛さまが舌鼓《したつづみ》を打たれるようなものを供することができる日もやってきましょう」

吉乃が眉根を寄せた。

「疑っておられるお顔ですね」

「いや、まあ、吉乃どのの努力次第ではあろうが」

「大丈夫です。私はこれまでやるといったら必ずものにしてきましたから」

「小太刀もか」

「そういうことです」

吉乃は笑って胸を張った。

「ところで、重兵衛さま。手習の見学をしてもよろしゅうございますか。是非、重兵衛さまのお師匠ぶりを拝見したいのです」

「かまわぬよ」

一瞬迷ったが、ここは見せておいたほうがよかろう、と重兵衛は判断した。子供たちとのつながりの深さを見せつければ、吉乃も国に帰るよう強くはいわなくなるのでは、と思ったのだが、すぐに胸のなかを恥じるものが通りすぎた。

子供を道具につかうなど。

それに、今は子供たちとうまくいっているとはいいがたい。そのあたり、きっと吉乃は見抜くだろう。

だが、今さら駄目ともいえない。吉乃は喜び勇んで、家のなかへ引っこんでいった。

五つ前になり、子供たちが集まりはじめた。

重兵衛は次々に挨拶《あいさつ》をかわしたが、子供たちはこれまで同様あまり元気がない。だがうしろのほうに座る二人に気づくと、誰もが、おや、という顔になった。

全員そろったところで重兵衛は二人を前に呼び、紹介した。

「こちらは吉乃さんといって、俺の母の世話をしてくれている人だ」

お以知のことも説明する。

「二人は昨日、国からやってきた。しばらくここに住むことになると思う」

「なんで国から出てきたの」

あからさまに吉乃へ敵意の目を向けた吉五郎が先陣を切ってきく。勘の鋭い子供たちは、どういうことか察したようだ。

重兵衛は言葉につまった。

そこをすかさず吉乃が口をひらく。

「私は、重兵衛さまをお母さまのもとに戻すためにまいりました」

予期してはいたのだろうが、子供たちはどよめいた。いくらなんでもこんなにはっきりと口にするとは思ってもいなかったという驚きも含まれている。

「嘘でしょ、お師匠さん」

お美代がいう。

吉乃がお美代の顔をのぞきこむ。

「いいえ、本当よ」

「あんたにはなんかきいてないわよ」

「あんたですって。子供のくせにずいぶんはすっぱな口、きくのね。そのかわいいほっぺ、つねってやりましょうか」

「吉乃どの」

重兵衛はさすがに諭《さと》した。

「冗談ですわ」

にっこりと笑い、お美代に目を向ける。

「ねえ、あなた、名は」

お美代はぶすっとして答えない。

「そんな顔してると、美人さんが台なしよ。ねえ、お名前は」

お美代は答えない。

「お嬢さま、あきらめたほうが」

お以知がささやいた。

「お嬢さまは昔から子供には好かれないじゃないですか」

「そうなのよねえ、なんでかしら。不思議でならないわ」

「ねえ、あんた、お師匠さんとどういう関係なの」

お美代が斬りつけるようにきく。

「私は許嫁《いいなずけ》よ」

あっさりといった。

驚きに、ほとんどの手習子は口をぽかんとあけている。

「ねえ、あなた。もしかしたら、重兵衛さまのことが好きなんじゃないの。だったら、あきらめたほうがいいわ」

「あんたこそ、なんでそんなでたらめいうのよ。お師匠さんがあんたみたいな女、お嫁さんにするわけないじゃないの」

「あんたみたいな女ですって」

「そうよ、くそ女よ」

「ま、なんてことを」

これはお以知だ。

「それにね、お師匠さんには好きな人がいるの」

吉乃にとって予想していなかった言葉だったようで、さっと顔色を変えた。息を軽く吸い、落ち着きを取り戻す。

「まさか自分だっていうんじゃないでしょうね」

「ちがうよ」

横から吉五郎が口をだす。

吉乃が向き直り、やさしい声でたずねた。

「あなた、名は」

赤くなった吉五郎はうわずった声で答えた。

「馬鹿、なんであんた、いっちゃうのよ」

「ああ、そうか。いけねえ」

お美代に非難され、吉五郎が頭をかく。

「ねえ、吉五郎ちゃん、重兵衛さまの好きな人ってどなたなの」

吉五郎がお美代を見た。

「いっちゃ駄目よ。いったら、この女、おそのちゃんになにするかわからないわ」

「あっ、馬鹿」

「そう、おそのちゃんていうの。ねえ吉五郎ちゃん、おそのちゃんてどこに住んでるの。近くかしら」

お美代がきっとにらむ。

「あんた、おそのちゃんをどうする気なの」

「どうもしないわよ」

吉乃は笑ってお美代を見た。

「私の役目は、とにかく重兵衛さまをお母さまのもとに連れ帰ることだから」

「吉乃どの」

重兵衛はさすがに割りこんだ。いつまでもこんな話をしてはいられない。

「もういいだろう。手習をはじめなければ」

吉乃は少し残念そうな顔をしたが、お以知とともに素直にうしろに下がった。

重兵衛は手習をはじめたが、当然のことながら、子供たちは落ち着かない。

重兵衛も同様で、吉乃にじっと見られていると、手習にまったく集中できなかった。

全身にいやな汗をかきながらの手習がようやく終わり、重兵衛は胸をなでおろす思いだった。

とにかく一日が長く、終わりのない旅のように果てしなく感じられた。

手習が終わっても、吉五郎に松之介、お美代の三人は帰ろうとしない。

特にお美代は吉乃との対決姿勢をあらわにしている。このままではすまさない、といった表情を顔に思いきり刻んでいる。

「お美代、そんな怖い顔をするな」

重兵衛がいっても、お美代は吉乃をにらみつけたままだ。吉乃は平然と険しい眼差しを受けとめている。

「吉乃どの、下がってくれぬか」

「わかりました。私は誰かさんのようにききわけが悪くはありませんから」

当てつけるようにいって隣室へ通ずる襖をあけた吉乃は、お以知を連れて姿を消した。

「お美代も帰れ」

「ねえ、お師匠さん。あいつ本当に許嫁なの」

「そういう話があったのは事実だ。だが、まとまる前に俺は国を出た」

お美代の顔に光が射した。

「じゃあ、許嫁なんかじゃないじゃない」

「それはそうなのだが、そう簡単にはいかぬものなんだ。特に武家の場合、家と家との結びつきに重きが置かれるからな。一度話があった以上、俺一人の判断で縁談をなかったものとするのはそうたやすいことではない」

お美代、と重兵衛は呼びかけた。

「今日はこのあたりにしておかぬか。吉五郎、松之介も、また明日だ」

四

家は三田《みた》三丁目にあった。蓮乗寺《れんじょうじ》という日蓮宗《にちれんしゅう》の寺の参道脇に建っていた。

思っていた以上の家で、白金堂とほぼ同等の広さがある。

柱だけの門に看板が打ちつけてある。そこには『手跡指南』と大書されていた。ここも手習所のようだ。重兵衛は意外な感にとらわれた。

家の入口には『長坂軒《ながさかけん》』と記された扁額が掲げられている。

重兵衛はあけ放された入口を入り、訪いを入れた。

入口のすぐ脇は白金堂と同じく、手習子たちの下駄箱になっている。広々とした三十畳ほどの教場の左側に、大量の天神机が積み重ねられている。その机の数からして、ここもかなりの手習子がいるようだ。おそらく五十人はくだらないだろう。

奥からどたどたと足音がした。

見ると、二人の子供が重兵衛をじっと見ていた。まだ帰っていない手習子のようだ。居残りでもさせられているのか。

「長坂角右衛門《かくえもん》どのはいらっしゃるかな」

重兵衛はていねいにきいた。

「どちらさまですか」

年上の女の子がたずねる。年上といっても十を超えているかどうかだ。

重兵衛は答えた。

「白金村のおきつじゅうべえさんですね。少々お待ちください」

　二人は奥に去っていった。

　あの様子では、と重兵衛は思った。今の二人は手習子ではない。いや、おそらく手習は受けているのだろうが、角右衛門の子供だ。

　やがて長身でやせた男が姿を見せた。

　重兵衛を一瞬細めた目で見たが、すぐに瞳の色をやわらかなものにした。

「白金村のお方といわれたが、なに用かな。どうやらご同業のようだが」

　重兵衛の十徳《じっとく》に目を当てていう。

　重兵衛は眼前の男をさりげなく見返した。

　体からさざ波のようににじみ出る迫力がある。さざ波といっても、思わぬ力を深いところで備えている感じだ。

　まちがいなく遣い手であろう。

　重兵衛は用件を告げ、懐から紹介状を取りだした。

「ほう、堀井どのから。では、遠慮なく読ませていただく」

　受け取った角右衛門が書状を広げた。一読して顔をあげる。

「あがらぬか。お茶くらいだそう」

重兵衛は奥の間に連れていかれ、そこで角右衛門と向き合った。

重兵衛はあらためて名乗った。角右衛門も名乗り返してきた。

失礼します。さっきの女の子が盆を捧げ持つようにして、入ってきた。どうぞお召しあがりください、と湯飲みを重兵衛の前に置く。重兵衛は恐縮して、かたじけない、と頭を下げた。

女の子は角右衛門に湯飲みを手渡して、廊下に出ていった。

「まあ、飲みなさい」

角右衛門にいわれ、重兵衛は一礼して湯飲みを取りあげた。ほっとするような穏やかなあたたかみが喉をくぐってゆく。

「どうだ、うまかろう」

「はい、とても」

「わしは酒はやらんのだ。その分、茶だけは贅沢《ぜいたく》させてもらっている。見た感じ、おぬしも酒は飲まぬようだな」

ふと障子が少しひらいたのを感じ、目を向けると、隙間《すきま》に五、六人の子供の顔がずらりと上下に並んでいた。

さすがに重兵衛はぎょっとした。

「こら、おまえたち、なにをやっておるのだ。客人もびっくりされておるではないか。下がりなさい」

角右衛門に一喝《いっかつ》されて、子供たちの顔はあっという間に消え、障子がぴしゃりと閉じられた。

「あの、今の子供たちは」

「全員、俺の子よ。六人だ」

それにしては六人とも似ていなかったように見えた。

重兵衛の思いを見抜いたような顔をしたが、軽く笑っただけで角右衛門はなにもいわなかった。

「妻はな、ちょっと他出中だ。すまぬな、顔をださぬで」

「どうか、お気になさらないでください」

角右衛門が手にしていた湯飲みを口に持っていった。喉仏を豪快に動かして、ぐびぐびと飲んでゆく。茶ではなく、冷や酒でもあおっているかのような錯覚に重兵衛はとらわれた。

とん、と畳に湯飲みを置く。それを合図にしたように表情を厳しいものにした。

「わしに剣を習いたいとのことだが」

重兵衛は姿勢を正し、遠藤恒之助のことを語った。

「その遠藤とかいう男、どんな剣を遣う」

それも重兵衛は説明した。

「間合の外から伸びてくるだと」

さすがに角右衛門も面食らった顔をした。

「どんな剣だ。詳しく教えてくれぬか」

重兵衛は、二度にわたった遠藤との戦いの様子を詳細に述べた。

「なるほど、それは容易ならざる剣だな」

角右衛門は畳に目を落とし、怒った子供のように頰をふくらませた。じっと考えている。

ふっと頰をしぼませ、目をあげた。

「それにしてもおぬし、常にその遠藤とやらのことを考えておるようだな。しかも、ずいぶん長いこと一人きりで耐えてきたものと見える」

重兵衛は静かにこうべを垂れた。

「おぬし、遠藤が怖いか」

「はい。怖くてなりませぬ」

「ふむ、でなければわしのもとへは来ぬか」

角右衛門が腕を組み、じっと見据えてきた。

「遠藤は弟の仇、ということだが、ほかにも遠藤を討たねばならぬ理由があるのではないか」

それにはかぶりを振った。

「そうか。ま、深くはきくまい」

腕組みを解く。

「すでに堀井どの、いや新蔵が申したかもしれぬが、俺が教えるのは人斬りのための剣だぞ。これまでは自らを守るためにやむを得ず斬ったのだろうが、今度はちがうぞ。自らの意志で人を斬ることになる。それだけの覚悟はあるのか」

「ございます」

重兵衛は即答した。遠藤恒之助を倒す。このことはどんなことがあっても成し遂げなければならない。

「わかった、教えよう」

重兵衛の覚悟を見通した瞳で、角右衛門は穏やかにいった。

「どういうふうに教えるかは次だな。今日はこのくらいでよかろう。おぬしもわしとはじめて会って疲れたのではないか」

その通りだ。手習師匠をやっているくらいだから、物腰はやわらかく人当たりもよいが、長坂角右衛門には底知れぬなにかがある。それがあるからこそ、新蔵も自信を持って紹介してくれたのだろうが。

「ああ、そうだ。代のことだが」

角右衛門が遠慮がちに口にした。

一月で二分。

重兵衛は高いとは思わなかった。決して払えない額ではないし、なによりこれで遠藤恒之助を倒せるのなら安いものだ。

あるいは主家にだしてもらってもよい金かもしれなかったが、重兵衛としては、ここはなんとしても自腹を切らなければ、と感じている。

五

か弱げな朝日がゆるゆるとのぼりつつある。東の空には薄い雲がかかっており、その雲を陽射しはなかなか破ることができない。

そのせいで町はさして明るくならないし、冷えこんだ大気もなかなかぬるまない。

それでも昨日よりはだいぶましだ。快晴より曇っているほうがあたたかなことを惣三郎は知っている。

背中や首筋に汗をかいているのは、ただし、そのためではない。

惣三郎は、額に浮かびはじめた汗をそっと指先でぬぐった。

三間ほどの幅を持つ道の向こう側に建つ一軒の家を、夜明け前からにらみつけている。

木幡屋の跡取り磯太郎は、同じ座敷にいたはずの右頰に傷を持つ男のことはなにも覚えていなかった。その時点で探索は手づまりになったが、すぐに惣三郎は突破口となるものをつかんだのだ。

とにかく、頰に傷を持つ男を捜しだすことに重きを置いた結果、島多加から半里ほど離れた一膳飯屋によく来る浪人者の頰に、大きな傷があるという知らせがもたらされたのである。

惣三郎の同僚である竹内が岡っ引の手下をその一膳飯屋の周辺に張りこませた結果、男は昨日の夕方あらわれた。

食事を終えた男のあとをつけると、その一膳飯屋と同じ町内の一軒家に住む男、ということが判明した。

「旦那、本当にいるんですかね」

目の前の家をにらみつけつつ善吉がささやく。

「まちがいなくいるだろう。出かけたって一報はきてねえ」

雲が取り払われて本来の明るさを取り戻しつつある朝日に照らされた家はひっそりとして、静かなものだ。近所からは徐々に人々が起きだし、動きはじめていることを示す物音が波打つようにはっきりと届いている。

そんななか、目の前の家には人の発する気配がまったくない。本当に人がいるものなのか、善吉の懸念はわからないでもなかった。

近所の者によれば、もともとは若い女が一人で住んでいる家で、その浪人者らしい男がやってきたのは一月ばかり前。女のほうはここ一日、二日顔を見ないという。

惣三郎は刀剣集めを趣味としている朝左衛門に、一膳飯屋にやってきた男の顔をすでに確かめさせてある。

朝左衛門は、島多加で声をかけてきた男、と断言した。

さらに、膳場六太郎が殺され刀を奪われた晩、その男が一本の刀を手に提げて帰ってきたのを近所の者が目撃していた。

「腰には自分のをしっかりと差していました。ですから、見まちがいなんかじゃ決してございませんよ」

畳職人であるその目撃者は断言した。

動きのない家を見続けているうち惣三郎は胸の高鳴りを感じ、静かに息を吐いた。

「旦那、緊張してるんですかい」

「そんなことあるものか。修羅場《しゅらば》なんか何度もくぐってきてる。おめえはどうなんだ。弱虫だから、怖くてたまらねえんだろう。声だって震えてるぜ」

返答がない。気になって振り向くと、善吉は泣きそうな顔をしていた。

「おい、本当に怖いのか」

「だってものすごい遣い手なんでしょ」

「そりゃそうだが、善吉、しゃんとしろい。そんなんだからだらしないって、町人たちに笑いものにされちまうんだ」

「でも、怖いものは怖いですから。ほかの連中だってそうですよ」

惣三郎は、刺股《さすまた》や六尺棒を手にしている捕り手たちの顔を次々に眺め渡した。三十人は優におり、これだけの人数で一軒家を取り囲んでいるのに、いずれの顔にも色濃く出ているのは善吉同様おびえの色だ。

指揮者として出張ってきている与力の顔もこわばっている。陣笠に野羽織、野袴《のばかま》姿で馬にまたがり、中間に槍を持たせた格好は決まっているが、あの顔色ではどうにも心許ない。

逃げられるんじゃねえのか。

惣三郎はいやな予感を胸に抱いた。流れてくる冷たい風に乗せて振り払おうとするが、むしろその思いは強いものに変わりつつある。


どうやら手がまわったらしいな、と恒之助はかすかに眉をひそめた。

どうにもならない落ち着かなさが粟粒のような汗となって、全身を這《は》っている。

かといって起きあがる気にはならない。

どのみち町方の腕など知れている。こうして腕枕をし、天井を見つめているほうが楽だ。

昨日、飯を食いに行った一膳飯屋にいた目つきの悪い男。あれは奉行所の犬だろう。飯を終えたあとうしろをついてきたが、あれで尾行のつもりでいるのが笑止だった。

それでもうっとうしいことに変わりはなかったから、一度は殺そうと考えた。飛んでいる蠅《はえ》を潰すようなものだったが、殺したところで、住みかが露見するのはときの問題でしかない。

そうである以上、撒《ま》く意味もなく、恒之助はいつもと同じようにまっすぐ帰ってきたのである。

そのほかにも、町方同心らしい男が一人の年寄りに面を確かめさせている光景にも出会っている。

意外にはやかったな、というのが恒之助の実感だ。町方のなかにも腕利きはそれなりにいるということなのだろう。

お麻衣は昨日から乙左衛門の用で出かけている。今日には戻るといっていたが、この分なら帰ってこないほうがいいかもしれない。

もっとも、もし町方に囲まれたといっても、お麻衣なら捕り手をかわすことなど蜘蛛《くも》の巣を破るより簡単なことだろう。

恒之助は起きあがった。ぼりぼりと首筋をかく。顎に手をやる。ひげがずいぶん伸びている。

ここしばらくお麻衣にまかせていたから、自分で剃るのは億劫《おっくう》になってしまった。

腹も減った。つくるのは面倒くさい。朝からやっている一膳飯屋などいくらでもあるが、さすがに捕り手を引き連れていっては、落ち着いて飯は食えまい。

つまり捕り手を蹴散らすのは、朝飯前ということになる。今以上に腹が減るのはいやだったが、これぱかりは仕方なかった。

問題は、捕り手どもを叩きのめしたあとだ。どこへ行けばいいのか。

つなぎ先をきかずにお麻衣を行かせたのはしくじりだったか。

まあいい。とりあえず当座をしのげるだけの金は乙左衛門にもらっているし、金がなくなったら乙左衛門を捜しはじめればいい。そうすれば、きっとまた向こうから声をかけてくるにちがいない。

あくびが出た。恒之助は再び夜具に寝転がった。

やつはどうしているのかな。

無性に顔が見たくてならない。

恒之助は、いつからか暮らしに張りが出ているのを感じていた。こんなことはこれまで一度たりともなかった。いつも流されているように暮らしてきたが、今はちがう。自らの意志でしっかりと生きている。それがはっきりと感じ取れる。

以前は石崎内膳の飼い犬だった。今は野良犬だが、顎の強さが昔とはまったく異なる。一度嚙みついたら、決して放さない強靱《きょうじん》さを身につけた。

それに加え、お麻衣に教えを受けた足さばき。これだけでも興津を驚かせるのには十分だろう。

今、興津重兵衛は俺のことを考えては恐怖に打ち震えている。それははっきりと伝わってくる。

だから今はやらない。やつが恐怖を乗り越え、俺と同じ強靱な顎を備えたときが勝負だ。きっとやつは乗り越えてくる。

そのときに備えて刀を手に入れたのだ。

恒之助は刀架に近づき、手に取った。

すらりと抜く。

見とれてしまう。この刃文《はもん》の美しさはどうだ。乱れ刃というのだろうが、実に見事なものだ。

いつまでも眺めていたかったが、外がやや騒がしくなりつつあった。恒之助は鞘にしまい、立ちあがった。

さて、やるか。

恒之助は一人つぶやいた。

六

馬上の与力が采配《さいはい》を振るった。

それに応じて竹内が六人の配下を引き連れ、家の前に立った。

竹内が、やれ、と小さくいうと配下たちが小さな門をくぐり、庭に入った。惣三郎たちも家の前に進んだ。川がわかれるように、捕り手たちの流れが二つに割れた。一手は裏をかためにまわったのだ。

表にいる主力に家から追いだされたあと、男は確実に裏に向かう。そこを厚くしておかずに後悔したくない、というのが指揮をとる与力の考えだった。

竹内が捕り手たちの先頭に進み出た。

「御用である。おとなしく縛《ばく》につけ」

いいざま縁側に飛び乗り、足で腰高障子をぶち破った。配下たちも続く。

惣三郎は竹内を見直す思いだった。すごい遣い手が待ち構えているのはわかっているはずなのに、先陣を切るなどよほどの度胸がなければできる業《わざ》ではない。

惣三郎はどきりとした。刀と十手が打ち合ったらしい音がきこえたからだ。

押しだされたように竹内が庭へ飛びおりる。配下たちもばらばらと庭に戻ってきた。

御用、御用、と叫んではいるが、足は前に出てゆこうとしない。土でかためられたようにそこにへばりついている。

ゆらりと黒い影が縁側に立った。

右頰にある深い傷が惣三郎の目に飛びこむ。一度一膳飯屋で目にしているが、これだけ間近で見ると、身震いが出るほどの迫力だ。

痩身の男はゆったりとした足取りで沓脱ぎにおり、捕り手など目に入っていないかのような余裕を見せつけて草履を履いた。

右手に抜き身を手にし、左手には奪ったものらしい刀を握っている。

「ひるむな、かかれ」

与力の叱咤《しった》が飛んだ。

竹内たちはもう一度飛びこんだ。惣三郎も蛮勇《ばんゆう》をふるって走りだした。

体が熱かった。血が煮えたぎっている感じがする。戦国の頃の武者たちは、こういう感じで戦い続けていたことが実感としてわかった。

そして自分にもその血が流れている。惣三郎はわめき声をあたりにまき散らしながら、男めがけて突っこんでいった。


「化け物だ……」

竹内が息も絶え絶えにつぶやく。

惣三郎も同感だった。

強いとはわかっていたが、まさかあれほどとは。

惣三郎の視野は、叩きのめされた捕り手たちで一杯だ。誰もがうずくまるか、突《つ》っ伏《ぷ》している。かろうじて怪我の軽い者だけが、座りこむことを許されている。

三十人すべてがやられた。やつは、悲鳴をあげて逃げまどう捕り手を一人も逃がすことなく徹底して倒し続けたのだ。

指揮をとっていた与力は横たわり、隣の家の柱に頭を預けている。首を落とし、まるで死んでいるように見えるが、おそらく気を失っているだけだろう。

馬はとうに逃げ去ったようで、どこにも姿はない。あの男も逃げ足にまさる馬だけは倒せなかったにちがいない。

それにしても、あの男は右手だけしかつかっていなかった。自分たちは右手一本の男に、さんざんに打ち負かされたのだ。

惣三郎は立ちあがれない。腹が痛い。ぎらりと光を帯びて振り抜かれた刀。これまで味わったことのない猛烈な打撃に息がつまり、頭に白いものが走った。

死んだな、と本気で思った。

生きているのがわかったのは、腹を押さえた手に血がついていなかったからだ。

悠々と立ち去ってゆくうしろ姿。気絶する前にはっきりと見た。

あんなのがこの世にはいるのだ。もしやあの男はこの世で最強なのではないか。

このままずっと横になっていたかったが、惣三郎は痛みをこらえ、膝で体を持ちあげた。

その途端、すぐそばに横たわっている善吉を見つけた。

「おい、大丈夫か」

はあはあと暑さにやられた犬のような荒い息を吐きつつ、善吉に近寄る。

「おい、善吉」

体を揺さぶる。だが反応がない。

まさか。冷たいものが背筋を滑り落ちていった。

「おい、善吉。目を覚ませ」

惣三郎は善吉を仰向けにし、ぴしゃぴしゃと頰を叩いた。

目をひらかない。さらに強く叩いた。

「おい善吉、起きろっ。この野郎、起きねえとひっぱたくぞ」

惣三郎はわめいた。

「おい善吉、勘ちがいしてるんじゃねえぞ。おめえは斬られてなんかいねえんだからな」

善吉がぱちりと目をあけた。

「うわ、閻魔《えんま》だっ。てめえ、あっちへ行きやがれ」

「てめえ、人を閻魔呼ばわりしやがって」

「うわあ、すみません、お助けを。――あ、旦那じゃないですか。よかった、ご無事でしたか」

惣三郎は胸をなでおろした。

「おめえはどうなんだ」

「いえ、腹を打たれたんですけど、死んだと思いました」

「峰打ちだぞ。だらしねえ野郎だ」

「はあ、すみません。あれ、でも旦那、なんで泣いているんです」

「泣いてなんかいやしねえ」

「いえ、でも涙の跡がそこに」

善吉が目の下を示す。

「腹を打たれて痛かったんだよ」

「痛さに負けて泣いちまうなんて、旦那は相変わらず子供ですねえ」

「うるせえ」

善吉がはっとする。

「あの野郎、つかまりましたか」

「馬鹿いえ。誰がそんな真似ができるっていうんだ。逃げたよ。いや、ちがうな。どこかへ歩き去っただけだ」

よっこらしょ、と惣三郎は立ちあがった。

「どうだ、立てるか」

うなずく善吉の腕を引っぱる。

「どうでえ、このありさま」

呆然として善吉は言葉もない。

自分たちと同じように立ちあがりつつある者もいるが、まだほとんどの者は地べたに貼りついたままだ。

「しかし、こりゃ北町奉行所はじまって以来の危機だな」

この惨状を伝えきいたら、罪人どもはもう楽にはつかまってくれまい。はなから自分たちをなめてかかるに決まっている。威光の消え失せた町奉行所。罪人どもの嘲笑《ちょうしょう》が目に見えるかのようだ。

それ以上に、どうすればこの者たちを立ち直らせることができるか。踏みにじられた草みたいになってしまっている。二度と捕物にはつかえないのではないか。

惣三郎自身、あの男に対する恐怖が全身に染みついてしまっている。この恐怖を振り払うには、かなりのときが必要だろう。

これからの前途多難を思うと、惣三郎は頭を抱えたくなった。

どうやら一人の死者も出なかったのは幸いだが、それはやつが手心を加えてくれたからにすぎない。

そう、やつはあれでも手加減したのだ。

七

昨日の吉乃の言のためか、手習子たちは一様に落ち着きがない。

それに、なんとなくよそよそしさも感じられた。

やっぱりお師匠さんは俺たちより国のほうが大事なんだ。私たちを見捨てて帰っちゃうなんて。こんなことなら仲よくならなきゃよかった。

重苦しい手習がようやく終わり、重兵衛はほっと息をついた。

白金堂に女が二人住みついている、しかも一人はお師匠さんの許嫁、という噂が村中を駆けめぐるのは目に見えていた。

その前に先手を打つ形で重兵衛は名主のもとに二人を連れてゆき、紹介した。

「ほう、吉乃さまにお以知さま。このお二人がお国から見えたのですか」

名主の勝蔵《かつぞう》は垂らした顎ひげを指でとくようにして、いった。

「おなご二人でよくもまあ遠くから。道中、なにごともなかったですか」

「はい、おかげさまで無事に」

吉乃が神妙に頭を下げる。

「ところで、お二人はどのようなご用で見えたのです」

この問いがされるのはわかっていたから、重兵衛はあらかじめ答えを用意していた。

「こちらの吉乃どのは手前の母親の面倒を見てくれているのです。母親にいわれて様子を見に来たのです」

「いえ、ちがいます」

吉乃がきっぱりと否定した。

「私は重兵衛さまを連れ戻しにまいったのです。たった一人きりで重兵衛さまの帰りを待っておられる母御の気持ちを無視することができず」

吉乃は、一人きり、というのを特に強調している。

「重兵衛さん、帰られるのですか」

勝蔵が驚いてたずねる。

「国許での事件も解決して、もはや村にいる必要もないとの噂はなんとなく耳にしてはいましたが」

「いえ、帰りませぬ」

「でも、母御はお一人で待っておられるのでしょう。それでもですか」

重兵衛は腹に力をこめた。

「ええ、帰りませぬ。子供たちを見捨てて戻ることはまったく考えておりませぬ。もちろん、母のことは気にかかっています。一度里帰りという形を取るくらいはあるかもしれませぬが」

「里帰りですか」

名主はうなるような声を発した。それを名目に、重兵衛が二度と帰ってこないことを怖れている顔だ。

勝蔵が咳払いを一つした。

「あの、吉乃さまはお世話をされるくらいですから重兵衛さんの母御と親しくされているのですね。どういうご関係なのです」

まずい、と重兵衛は思ったが、もうおそかった。

「私は重兵衛さまの許嫁です。近い将来、母となるお方のお世話をさせていただくというのは、自然な成りゆきではないでしょうか」

「なるほど」

勝蔵は同意した。

「祝言《しゅうげん》の日取りはすでにお決まりですか」

「いえ、まだです」

吉乃がつつましく答える。

「名主さん、この人は手前の許嫁ではありませぬ」

重兵衛はようやく割りこんだ。

「ですので、祝言の日取りが決まっていないのも当たり前です。確かに、そういう話があったのは事実ですので。でも、まとまる前に手前は村へやってきましたから」

女は許嫁であるといい、男はそれを否定する。勝蔵はどういうことか、つかめなくなっているようだ。

「あの、吉乃さま。村にはいつまでいらっしゃるのです」

勝蔵が話題を転じるようにきく。

吉乃は胸を張った。

「重兵衛さまとともに国へ戻る日までです」

白金堂への帰途、重兵衛は声をかけられた。

声のしたほうを見ると、野良仕事をしていた田左衛門が道へあがってくるところだった。吉乃とお以知に一瞥《いちべつ》をくれてから、重兵衛を少し離れた畦に引っぱってゆく。

「重兵衛さん、いったいどういうことです」

田左衛門がつめ寄る。

「国へ戻るというのは本当ですか。しかもあのお方は許嫁だというじゃありませんか」

重兵衛はことの次第を説明した。

しかし田左衛門は納得しない。

「おそのだって悲しい思いをしています。それに子供たちだって」

「手前は帰りませぬ」

「でも、許嫁が連れ戻しに来たって、もう村中の評判ですよ。知らないのは名主さんくらいでしょう。あの人のもとへ噂がたどりつくまでいつもしばらくかかりますから。……もしや名主さんのところへ行ったのですか」

そうです、と答えつつ重兵衛はおそのの姿を捜した。

付近にはいなかったが、すぐに犬の鳴き声がきこえてきた。

見ると、うさ吉《きち》が吉乃に吠えかかっている。吉乃はお以知のうしろに隠れて、あっち行きなさいよ、と手を振り、足を蹴りあげている。

「あれま」

田左衛門が頓狂《とんきょう》な声をあげた。

「さすがにうさ吉だ。よくわかってる」

重兵衛はあわてて戻り、もうよせ、といってうさ吉を抱きあげた。

「なんですか、その馬鹿犬は」

吉乃は真剣に怒っている。

うさ吉は知らん顔で重兵衛の頬をなめはじめた。

「賢い犬なんだが……。吉乃どのは犬がきらいなのかな」

「きらいはきらいです。犬と子供はどうもなつかないみたいです」

これはお以知がいった。吉乃はうさ吉をにらみつけたままだ。

さっと腕のなかのうさ吉が横を向いた。重兵衛もつられてそちらを見た。

おそのが駆け寄ってきた。

「すみません、重兵衛さん」

おそのにうさ吉を手渡した。

「あなたが飼い主なの」

吉乃が前に出てきた。

不穏な空気を察し、重兵衛はおそのを紹介した。

「へえ、そう。あなたがおそのちゃん」

「はい、そのと申します」

おそのはていねいに辞儀をする。

吉乃も名乗った。はっとおそのが表情をかたくする。

「もう知っているみたいね。そう、私が重兵衛さまの許嫁よ」

おそのがすがるように重兵衛を見つめる。

重兵衛は、吉乃が許嫁ではないことをはっきり告げた。

おそのが安堵したように深くうなずく。

「ところで、国に帰ってしまわれるというのは本当ですか」

「本当に決まってるじゃないの。お母さまがたった一人で待っておられるのだから」

「今は帰らぬ。母が一人で待っているというのは本当だが」

「では、いずれ里帰りを」

「それはあると思うが、それきり帰ってこぬなど決してない」

吉乃がおもしろくないという顔で見ているが、重兵衛は気にしなかった。

おそのたちと別れ、重兵衛は家に向かった。

あと一町ほどで白金堂という頃、足が自然にとまった。

目の前の地蔵堂の陰からじっとりとした殺気が放たれているのだ。津波を思わせる猛烈な力がその殺気には含まれている。

うしろの吉乃も気がついたようで、険しい瞳を地蔵堂に向けている。

「下がっていなさい」

重兵衛は静かに命じた。そこに誰がいるのか、すでに解している。

ふらりと長身でやせた男が道に出てきた。

紛れもなく遠藤恒之助だ。右頬の傷が穏やかな日に照らされて、影をつくるほどに濃く見える。

重兵衛は腰に手を当てた。そこにあるのは脇差だけだ。遠藤は以前からつかっている刀を佩《は》いている。

「安心しな。今はやり合う気はないのだ」

傷をひきつらせるようにいう。

「本当だぜ」

「重兵衛さま」

うしろから吉乃がささやきかけてきた。

「まさかこの男が」

遠藤が首を伸ばし、重兵衛の肩越しに吉乃を見た。

「ほう、きれいな娘じゃねえか。それになかなか遣えそうだ。なんでも、きさまを連れ戻しに来たんだってな。おい興津、俺を置いて本当に帰っちまうのか」

「きさまは弟の仇だ。きさまを殺さず国に帰るなどあり得ぬ」

「その言葉をきいて安心したぜ」

遠藤が笑顔を見せる。

「気になっていたのだ。興津、次に会うのを楽しみにしてるぜ。次、っていうのがどういうことか、きさまもよくわかっているだろうがな」

じゃあな、と軽く手を振り、きびすを返した。

重兵衛は見送るしかなかった。やり合ったところで勝ち目はない。それに、重兵衛が国に帰るかどうか確かめに来たのは紛れもなく本当のようだ。

悠々とした足取りだが、遠藤の背中はあっという間に遠ざかってゆく。

「よいのですか、重兵衛さま。行かせてしまって」

吉乃が顔をのぞきこんできた。はっと表情をこわばらせる。

「どうされました、お嬢さま」

　重兵衛の形相を見たお以知も肩をびくりとさせ、一歩二歩とあとずさった。

　重兵衛は握り締めていた拳を解き、腹の底から息を吐きだして気持ちをかろうじて静めた。

八

「旦那、白金村も久しぶりですねえ」

　景色を眺めながら善吉がのんびりいう。峰打ちとはいえ腹を打たれたばかりだが、若いこともあるのか善吉はもうなんともないようだ。

「久しぶりっていうほどでもねえだろう。七日ぶりくらいじゃねえか」

　惣三郎のほうはまだ話をするだけで、痛みが走る。

「そうですね。この前の非番の前の日ですものね」

「おまえな、そんなこといううんじゃねえよ。しかもでっけえ声で。俺が休んでばっかいるようにきこえるじゃねえか」

「いつも休んでるじゃないですか」

「だが、今日は仕事で来たんだぜ」

「ええ、それはよくわかってますよ」

善吉があたりを見まわす。

「でもあの野郎、どこへ消えちまったんですかね」

「意外にこの村に来てるなんてこと、あるかもしれねえぞ」

「旦那、脅かしっこはなしですよ」

「ふん、相変わらず臆病な野郎だ」

あっ。善吉が声をあげた。

「なんだ、どうした」

「あそこにあの野郎が」

なんだと。惣三郎は頰をひきつらせた。

ぷっと善吉が吹きだす。

「てめえ、だましやがったな」

「旦那だって怖いんじゃないですか」

「当たり前だ」

男が去ったあと、惣三郎はあの家の持ち主に会っている。

住んでいた女はお麻衣といったが、こちらも姿を消したままだ。請人は女が働いていた一膳飯屋のあるじである。

惣三郎はそのあるじにも会い、話をきいた。お麻衣さんは口入屋《くちいれや》の紹介でやってきました、とあるじは答えた。お麻衣は、おとといから休んでいるとのことだ。

その後口入屋にも行ったが、お麻衣に関することはほとんど得られなかった。一年ほど前、ふらりと店に入ってきたことをかろうじて主人が覚えていただけだ。

「重兵衛さん、いらっしゃいますかね」

「いるだろう。ここまで来て、いてもらわなきゃ困る」

白金堂に着いた。教場のほうから訪いを入れる。

雑巾を手にした若い女が出てきた。

「あれ、どちらさんだい」

見知らぬ顔だ。惣三郎は思わずきいた。

「以知と申します。どうぞ、よろしくお願い申しあげます」

「これはごていねいに。ええと、おまえさんはまさか重兵衛の嫁さんじゃねえよな」

「とんでもない」

女が笑った。

「重兵衛はいるかな」

「はい、少々お待ちください」

女が奥に去った。

重兵衛が出てきた。惣三郎を見て、かすかに顔をしかめた。

「なんだ、その顔は。俺が来たのが迷惑みてえだな」

「いえ、そういうわけではないのですが。ちょっと取りこみ中なので」

「取りこみ中か。今の女だな。しかし重兵衛、おめえも隅に置けねえな」

「まあ、おあがりください」

庭に面した座敷に通された。

そこにはさっきの女のほかに、もう一人、若い女がいた。しかもずいぶん美しい。勝気そうな顔をしているところが、今一つ惣三郎の好みではなかったが。

惣三郎は重兵衛にいわれるままに二人の向かいに腰をおろした。背後に座った善吉が、きれいな人だな、とつぶやくのがきこえた。惣三郎が振り向くと、目をぼうっとさせていた。

この馬鹿、また惚《ほ》れやがったな。惣三郎は心のなかで毒づいた。

重兵衛が二人を紹介し、つけ加えた。

「この吉乃どのがなにを口にしても、驚かないでください」

実際、吉乃という美しい娘は、自分のことを重兵衛の許嫁といってのけた。重兵衛を母親が待つ国に連れ戻す気でいることも。

最初に釘を刺されていたとはいえ、さすがに惣三郎は驚かないわけにはいかなかった。

「重兵衛、おめえ、帰っちまうのか」

「いえ」

重兵衛とは思えないほど暗い目で答えた。

「なんだ重兵衛、なにかあったのか」

「いえ、なんでもありません」

お以知という女が立ちあがり、お茶をいれてきます、と座敷を出ていった。

不意に重兵衛が見つめてきた。その目の強さに、惣三郎はどぎまぎするものを覚えた。

「河上さん、今日はなにか」

「一つ頼みがあってきた」

惣三郎は腹に力をこめて、いった。

「なんでしょう」

「でもいいのか。取りこみ中なんだろう」

重兵衛がふっと笑いを漏らした。重兵衛らしくないすさんだ笑いで、惣三郎は、いったいどうしちまったんだ、と目をみはるようにして思った。

「遠慮を見せるなんて、河上さんらしくないですね」

「まあ、そうかもしれんな」

惣三郎は表情を引き締めた。

「今朝、ある男をとらえるために一軒の家を急襲したんだが」

三十余人の捕り手が余すことなく叩きのめされたこと、そして男には逃げられ、今も行方はわかっていないことを惣三郎は淡々とした口調で語った。

「おめえに頼みたいっていうのは、今度男を追いつめたとき、助太刀を頼みたいということだ。今度はもうしくじりは許されねえ。でも俺たちだけじゃ、また同じことの繰り返しだ」

惣三郎は息を入れた。

「おめえには前にも助太刀を頼んだことがあるよな。頼む、力を貸してくれ。重兵衛なら、あの野郎をきっと叩きのめしてくれるにちげえねえんだ」

「かまいませんよ。やらせていただきます」

「重兵衛さま、即答してしまってかまわぬのですか。今はそれどころではないのではありませぬか」

「河上さんにはいろいろ世話になっている。断ることなどできぬ」

「そういってもらえると助かるよ、重兵衛」

「でも河上さん、三十人以上の捕り手がすべてやられたなんて、その男、とてつもない遣い手ですね」

「ああ、とんでもねえ野郎だ。でもおめえならきっと勝てる」

お以知が戻ってきて、全員に湯飲みを渡した。惣三郎はさっそく喫した。熱いが濃いめにいれてあり、好みの味だった。そのことをいうと、お以知はほほえんだ。

「その男、なにをしたのです」

茶を一口だけ飲んだ重兵衛に問われ、惣三郎は話した。

「ほう、刀を奪ったのですか。そんなによい刀なのですか」

それも惣三郎は教えた。

「二百両はくだらぬ名刀……。では、目的は金ですか。それともその男自身、刀を集めているのですか」

「それがまだわからんのだ。俺たちを叩きのめしたあと、その刀を大事そうに抱えていったのは目にしたんだが、あとやつが持っていたのは腰に差したもう一本の刀だけだ」

「となると、刀を集めている者ではない、ということになりますね」

重兵衛が身を乗りだしてきた。

「どんな男なんです」

「まだ名すらわかってねえんだが」

そう前置きして惣三郎は説明した。

黙ってきいていた重兵衛の顔色が、頰に傷を持つ男というところではっきりと変わった。

「知っているのか、重兵衛」

「知っているどころではありませぬ、河上さま」

吉乃という女がいった。

「どういうことだ」

吉乃の口から紡がれる言葉に、惣三郎は耳を傾けていたが、次第に顔がこわばってゆくのを感じた。

「まさか俊次郎どのを殺した男か。確か、遠藤恒之助とかいったな。やつがそうだったのか。すまん、重兵衛」

「どうして謝るのです」

「今朝とらえていりゃあ、俊次郎どのの仇討ができたものを」

「いえ、それはよいのです」

「どうしてだ」

「河上さま」

吉乃が呼びかけてきた。

「先ほど遠藤恒之助が私たちの前にあらわれました」

「なんだとっ」

吉乃がそのときの様子を説明した。

さっき会ったばかりときいて、惣三郎の背中を冷たいものが滑り落ちていった。善吉も青い顔をしている。

「あの野郎、重兵衛に会いに来たのか。でもどうしてそんな真似を」

重兵衛がわけをいった。

「やつなりにおめえのことを心配してるってことか。あの野郎、どうしてもおめえを殺したくてならねえようだな」

重兵衛は静かに首を上下させてみせたが、瞳にさっきの暗い輝きが戻ってきている。

そういうことか、と惣三郎は理解した。おそらく遠藤恒之助は重兵衛のことを常に考えているのだろうが、重兵衛も同じように遠藤のことが頭から離れないのだ。

やつみたいな男のことをいつも考えていたら、重兵衛らしからぬこのいかにも屈託ありげな沈んだ雰囲気にもなろうというものだ。別の人格になりつつあるのだろう。

なんとかしてやりたいが、自分一人の力でどうにかできることではなさそうだ。

惣三郎は湯飲みを取りあげ、唇を湿らせた。

「重兵衛、遠藤の野郎、どうして刀を奪ったと思う」

「手前を殺すのに、ふさわしい刀がほしいだけのことでしょう」

「本当にそれだけのために、人を殺したのかな」

「やつなら十分に考えられます。いや、なんら不自然なことはありません」

自分のために人が殺されたことを、重兵衛がひどく申しわけなく思っているのを惣三郎は強く感じている。

「重兵衛さま、私にも俊次郎さまの仇討、お手伝いさせてください」

吉乃が目に鮮やかな光をたたえていう。

「おい、吉乃とかいったな。その覚悟はあっぱれだが、ちょっとひっかかるものが感じられるぞ」

吉乃が見返してくる。本当に気の強そうなおなごだな、と惣三郎は内心苦笑した。

「どうやら仇さえ討っちまえば、重兵衛が国に戻るってえのを確信してる顔だが、果たしてそんな簡単にいくかな。重兵衛は手習子を見捨ててあっさり帰っちまうような男じゃねえぞ」

九

奉行所に戻るという惣三郎たちと連れ立って、重兵衛は白金堂を出た。

「おい重兵衛、出がけにいってたが、その長坂とかいうのは何者だい」

惣三郎と左馬助にだけは本当のことを知っておいてもらいたくて、重兵衛は正直に答えた。

「遠藤を破るための師匠か。ふーん、左馬助の義父の紹介……確かに、あの男に勝つにはそれなりのことをしなければならねえんだろうが。その師匠の腕は確かなのか」

「稽古はまだこれからですが、相当の遣い手であるのはまちがいありません」

まあがんばってくれや――。途中で惣三郎たちとわかれた。

それにしても、遠藤恒之助は本当に刀を得るために人を殺したのか。

もしや、という思いが一瞬わいたが、しかしそんな理由で人を手にかけるだろうか。重兵衛はこの考えを打ち消そうとしたが、いや、あの男ならやりかねぬ、と暗い気分になりつつ思った。

もしそのために人が殺されたのだとしたら。やり場のない怒りが全身を駆けめぐる。

角右衛門の家に着き、重兵衛は訪いを入れた。

この前と同じように子供が出てきたが、おびえた顔ですぐに引っこんでしまった。俺はいったいどんな顔をしているのだろう、と重兵衛は悲しくなった。

庭に出てきた角右衛門は重兵衛を一目見て、またずいぶん暗い目をしているではないか、といった。

「なにかあったのか」

重兵衛は話した。

「ほう、遠藤が人を殺《あや》めて刀を奪ったか。なるほど、そういうことか」

角右衛門は納得の表情だ。

重兵衛はさっそく束脩《そくしゅう》の二分を手渡した。角右衛門は感謝の顔で押しいただいた。

「いや、助かる。六人の口を養うのは、手習だけではどうにもたいへんなのだ。手習子のほとんどは貧乏だし、束脩が滞《とどこお》っている子も少なくないしな。だからといって来るな、ともいえぬし」

そのあたりのことはよくわかるだろう、という目で重兵衛を見る。重兵衛はうなずきを返した。

「ところで我が妻なんだが、今日も他出中でな。挨拶はできぬ。せっかく束脩をいただいたのに、すまぬな」

「いえ、かまいませぬ」

角右衛門が庭の脇に建つ物置から一本の木刀を取りだした。

一本でよいのか、と重兵衛はいぶかしんだが、角右衛門は明るい声で告げた。

「よし、さっそくはじめるか。冬の日は短いからな」

角右衛門が家のなかに呼びかけた。

「おーい、みんな来てくれ」

六人の子供たちがばらばらと出てきた。

「よし、重兵衛どの」

「呼び捨てでけっこうです。角右衛門どのはお師匠ですから」

「わかった。では重兵衛、この子たちとついてきてくれ」

まだ三歳くらいの女の子が、重兵衛の手を握ってきた。怖くないのか、と重兵衛は思ったが、手のひらに伝わってくるあたたかみが泣けるほどにうれしかった。

しかし、どうして剣の稽古に子供たちがついてくるのか。重兵衛は内心、首をひねった。

父親の稽古ぶりを見せようというのだろうか。

子供たちと一緒に足を進めていると、家から一町ほど離れた寺の前で角右衛門は立ちどまった。

「ここだ」

そういって古びた山門をくぐる。

せまい境内《けいだい》が目の前に広がっている。

角右衛門は勝手知ったる顔でずんずんと進んでゆく。

重兵衛もあとに続いた。

正面には古ぼけた本堂があるが、長いこと人の手が入っていないのは一目瞭然《いちもくりょうぜん》で、ときおり境内を吹き払ってゆく木枯らしにさえ圧し潰されかねない雰囲気が漂っている。

人の気配など境内のどこを探してもまったくなく、この世から忘れ去られたように静かだ。

「ご覧の通り、廃寺だ。以前は住職がいたそうだが、亡くなってからは跡を継ぐ者がないままにこうして廃寺となったわけだ。かなり由緒《ゆいしょ》のある古刹《こさつ》だったらしいが、跡継がおらぬと悲惨な末路をたどるのは、武家と変わらぬということだな」

なにかそういう事情を角右衛門本人がくぐり抜けてきたような気がして、重兵衛はじっと見た。

角右衛門はふっと笑いを漏らした。

「鋭いな」

「ではやはり」

「ああ、いずれ話すときも来るだろう」

角右衛門が木刀を肩に置いて、重兵衛を凝視した。

「だいぶ太いな。重兵衛、体がなまっているぞ。その体では遠藤恒之助に勝つなど夢物語だな。一合も合わすことすらできぬのではないか」

角右衛門はずばりいったが、それは重兵衛も自覚している。

「よし、まずは体に力をつけることからはじめるか。となるとやはり足腰だな」

角右衛門が子供たちを呼び集める。

「よし、一之介《いちのすけ》、おじさんの背中に乗れ。二之介《にのすけ》、三之介《さんのすけ》はそれぞれ右腕と左腕にぶらさがれ」

三人の子供の重みはけっこうあった。

「よし重兵衛、その格好でわしがいいというまで境内を走り続けろ」

「はあ」

「よし、走れ」

角右衛門が手のひらをぱんと打ち合わせた。

重兵衛はたっぷりと走らされた。

ひどく長く駆け続けた感があったが、実際には四半刻にすぎないことを告げられて、重兵衛は愕然《がくぜん》とした。とにかく荒い息がおさまらない。

「こら三人とも、いつまでもそのままでいるんじゃない」

三人の重みがなくなると、重兵衛は鎧を脱ぎ去った武者のような気分になった。

「よし、次だ」

角右衛門が命じてきたのは、六人の子供を相手にする鬼ごっこだった。

この鬼ごっこのたいへんさは、つかまえた子供をさっきと同じようにおんぶしたり、腕で抱えこまないといけないという点だ。しかも男の子はつかまえるにはあまりにすばやかった。

つかまえるのが目的ではなく、いかに足腰を鍛えるかに主眼が置かれていたから、重兵衛はひたすら走らされた。

鬼ごっこが終わると、今度は境内の敷石を片足だけで一つ置きに飛ぶことを要求された。一つ置きだと距離が長く、とてもではないがうまく飛ぶことができない。

「ま、そのうちできるようになるさ」

暮れゆく西空を眺めて、角右衛門が気軽な口調でいった。

「ああ、それからな、重兵衛。しばらく刀には触れるな。木刀、竹刀の類にもだ。おれがよいというまでだ。わかったな」

どうしてなのか釈然としなかったが、わかりました、と重兵衛は答えた。

「どうだ、村まで帰れるか」

重兵衛はゆがめていた顔をなんとか平静なものに戻した。

「大丈夫です」

角右衛門がくすりと笑う。

「けっこう強がりなんだな。しかしこんなところを遠藤に襲われたら、ひとたまりもないな。送ってってやろうか」

「いえ、けっこうです。おそらくやつは襲ってきますまい」

「ほう、どうしてだ」

「やつは、追いつめてもしぶとさを発揮するそれがしを倒すことに生き甲斐を感じているのです。今のそれがしを一刀両断するのはたやすいことです。やつはそんな簡単に殺すことを望んではいないでしょう」

「なるほど、気が通じ合っておるのだな」

角右衛門の瞳に憐《あわ》れみの色を感じて、重兵衛はかすかに目を伏せた。

「残念ながらそういうことなのでしょう。いくらお師匠の言とは申せ認めたくはないのですが、これぱかりはそうもいかぬようです」

十

あくる朝、夜具から起きあがるのに一苦労だった。全身が重く、特に両太ももには動くたびにひどい痛みが走り抜けた。

角右衛門のいう通り、重兵衛は体がなまりきっていたことを実感した。

しかし重兵衛は逆に充実感を覚えていた。昨日の激しい動きによって、体のなかでずっと眠っていたなにかがむくりと起きだしたような気がする。

同時に、心を覆っていた厚い膜がはがれ、精神が研《と》ぎ澄《す》まされた感がある。

朝餉ができた旨をお以知が伝えてから、なかなか重兵衛が起きだしてこないことを怪しんだらしい吉乃が呼びに来た。

「重兵衛さま、起きてらっしゃいますか」

「ああ、起きている。今行く」

重兵衛はよろけるように立ちあがった。

襖をあける。おはようございます、と一礼した吉乃が重兵衛を見て目をみはった。

「どうかしたか」

「いえ、なんでもありません……」

そのまま言葉を濁した。

おそらく昨日の疲れが色濃く出ているのだろう、と重兵衛は思った。

お以知がつくる飯は美味で、疲れきっているなかでも箸は小気味よく動いた。腹が満たされるにつれ、体の痛みも薄れてゆくような気がした。

そのことを重兵衛はいったが、お以知は顔を伏せ、ありがとうございます、と小さく返してきただけだ。

食事を終えて茶を喫している重兵衛に吉乃が膝を進めた。

「あの、重兵衛さま。今日は手習を休まれたらいかがでございますか」

驚いて吉乃を見る。

「そんなに疲れているように見えるか」

「……ええ、はい」

「吉乃どのらしくないな、口ごもるなど……」

「いえ、なんと申しますか……」

「気づかいは感謝するが、俺の都合で休むわけにはいかぬ」

井戸で顔を洗い、教場で子供たちが集まってくるのを待った。

五つが近づくにつれ、子供たちが集まりはじめた。

挨拶はするものの、誰もがはっとした表情で重兵衛を見る。そして、そのまま伏し目がちになり、顔を合わせようとしない。

お美代や吉五郎、松之介といった面々も同じだ。

やがて全員が教場に集まり、重兵衛は手習をはじめた。

今日も静かなものだが、教場には厚い雲が垂れこめたような息苦しさがあった。

最近の手習自体重い雰囲気ばかりだが、それとはやや趣が異なるようだ。どうしてこんな空気が立ちこめているのか重兵衛は不思議でならなかったが、こんなこともたまにはあるのだな、とさして気にはしなかった。

今日も、吉乃はお以知とともにうしろのほうに座って手習を見学している。二人とも暗い顔をしていた。特に吉乃は重兵衛をじっと見つめ、少し苛立《いらだ》たしげな顔を見せていた。

昼休みになり、子供たちはほっとした顔で天神机を離れた。家へ食事をとりに行く者の足取りは軽く、みんなで輪になって弁当をつかいはじめたも者たちも縛《いまし》めからようやく解き放たれたような顔をしている。

重兵衛もお以知がつくってくれた昼餉の膳を、文机の脇でとろうとした。

そこへ吉乃がやってきて、真向かいに腰をおろした。

「重兵衛さま、午後からはお休みになったほうがよろしゅうございますよ」

「いや、疲れてなどおらぬが」

「重兵衛さま、勘ちがいされているようですね」

吉乃が強い口調でいい、残念そうに首を振った。

「朝、はっきり申しあげればよかったと思いますが、今からでもおそくはないでしょう」

なにをいっているのか。重兵衛は黙って次の言葉を待った。

「どうして気がつかれないのか、私はいらいらした気持ちでおりましたが、はっきり申しあげたほうがよろしいでしょう。子供たちはおびえてしまっているのです」

すんなりと耳におさまらない。

「どういうことかな」

「こういう意味です」

吉乃が懐から手鏡を取りだした。

「ご自分のお顔をご覧になってください」

鏡のなかのおのれを見て、重兵衛は驚愕《きょうがく》した。頰がこけ、目がくぼみ、顔のつやはひどく悪い。その割に瞳《め》だけはぎらぎらしている。

「これは……」

「そんな飢えた獣みたいなお顔では、子供たちがおびえてしまうのも無理はないでしょう。

重兵衛さまのことをよく存じている私だって、怖いと思ったくらいですから」

重兵衛は手鏡を返した。なにか見てはならぬものを見てしまったような気分だ。

「おわかりになったでしょ。午後はお休みになってください」

「休むといったって、子供たちを放っておくわけには――」

「私がやります」

「えっ」

「これまで見てきて、私でも十分にやれると確信しました。もちろん農事、農学は無理ですが、手跡指南だけならできると思います」

重兵衛は、昼飯をとっている子供たちに目をやった。

吉乃との会話をききつけて、誰もが興味深げな顔を向けてきている。

お美代が立ち、すたすた歩いてきた。ぺたんと重兵衛の横に座る。

「お師匠さん、この女のいう通り、休んだほうがいいと私は思う」

この女ですって、と小声で吉乃が毒づいたが、すぐに口を閉じた。

「別にあんたがお師匠さんの代わりをする必要はないのよ。私たち、お師匠さんがいなくても、ちゃんと手習に励むから」

重兵衛に向き直る。

「その顔色じゃ、こっちが心配になってしまうわ。もとのお師匠さんに戻るまで、休んでいて。そうしたほうがいいわ」

じろりと吉乃を見る。

「まったくあんたが悪いのよ。あんたが来たから、お師匠さん、おかしくなっちゃったんじゃないの」

「ちょっとなにいってるの」

吉乃が反論する。

「私のせいじゃないわよ」

「お美代、これは俺の問題だ。誰が悪いというわけではない。もちろん、吉乃どののせいなどではない」

「この女をかばうの」

「かばうとかそういうことではないよ、お美代」

重兵衛は笑顔をつくろうとしたが、逆に自分がどんな顔になってしまうかがわからず怖かった。

「わかった。午後の手習は吉乃どのにまかせよう」

重兵衛は言葉を切り、少し考えた。

「いや、午後だけでなく、これからしばらく吉乃どのが師匠ということでお願いしたい」

お美代にしたがうように重兵衛のまわりを取り囲んでいた子供たちが、一様に驚きの声をあげた。

「みんなにはすまぬが、今の俺は手習に集中できぬ。落ち着き次第、手習は再開するから」

頼む、というように重兵衛はこうべを垂れた。

重兵衛は見渡した。

「しばらくってどのくらい」

吉五郎が不安げにきく。

「そうよ、ずっとこの女に習うなんて、私、勘弁してもらいたいわ」

重兵衛は顔をあげた。

「お美代、目上の人にそういう口をきくんじゃない」

お美代が小さく、ごめんなさい、といった。

「俺ではなく吉乃どのに謝れ」

一瞬、えっという顔になったが、お美代はしっかりと頭を下げた。ごめんなさい。

「いいのよ。こちらも言葉がきつくなってしまったところがあったし」

吉乃がいったが、お美代はろくにきいていなかった。

「ねえ、しばらくってどのくらい」

あらためて重兵衛にたずねる。

「わからぬ。三日ですむか、十日かかるか、それとも一月以上になるのか」

「ええっ、一月も……」

「そんなあ」

「長すぎるよ」

子供たちが口々に声をあげる。

「ありがとう。そういってくれてとてもうれしいよ。だが、きっとちゃんともとの自分になって戻ってくるから、みんな、待っていてくれ」

重兵衛は手習子たちに囲まれて、昼餉を終えた。

物置から木刀を取りだしかけて、とどまった。手ぶらで人けのない林へ入る。本当は角右衛門のもとに行きたかったが、今は手習の最中だろう。

林は静寂に覆われていた。重兵衛がやってきたことを察して、鳥たちも押し黙っている。

すまぬ。鳥たちに謝っておいてから、重兵衛は静かに息を吸い、形だけ刀を構えた。

目の前に遠藤恒之助。

重兵衛はあの猛烈に伸びる剣を相手に、半刻ほど戦い続けた。

しかし破る手立ては見つからなかった。

今は仕方なかった。角右衛門を信じ、進んでゆくしかない。

重兵衛は深く呼吸をして、息をととのえた。それから走りはじめた。

今は体に力をつけること。それしかなかった。そのためにはまず足腰を鍛える。

土台をしっかりさせることで新たに見えてくるものがあるにちがいない。角右衛門の狙いもそのあたりにあるのだろう。

重兵衛は一刻以上、走り続けた。とにかくいやになるまで駆けた。

体が重くなったのは、疲れのせいだけではなかった。着物が思いきり汗を吸い取ったからでもある。

汗びっしょりになって白金堂に戻った。すでに吉乃による手習は終わったようで、子供たちの姿はなかった。

井戸端で水浴びをし、重兵衛は自室に戻って着替えをした。それから吉乃を捜した。部屋で書見をしていた。横にお以知がつき添うようにしている。

「どうだった」

声をかけると、文机の書を閉じ、吉乃が向き直った。

「お帰りなさいませ。なんとか終えることができました。何人か集まって内緒話をしているのが気になりましたけど、さすがに重兵衛さまの手習子だけあって、いい子たちですね」

「明日も頼む」

「わかりました」

吉乃はいったが、どこか浮かない顔だ。

「どうかしたのか」

「いえ、まさか人に教えるのがこんなに汗をかくことだとは……」

「すぐに慣れる。吉乃どのなら大丈夫だ」

請け合って重兵衛は角右衛門のもとに出かけようとした。

そこへ来客があった。

「おう、左馬助ではないか」

重兵衛の顔を見て眉をひそめ気味にした左馬助は、沓脱ぎから座敷にあがってきた。

「おっさんにきいたんだが」

向かい合って座ると、左馬助がいった。

「ああ、河上さんか。なんだ」

「若い娘が二人、居候《いそうろう》しているそうだな。本当なのか。しかも、そのうちの一人は許嫁だそうではないか」

「二人いるのは本当だが、許嫁というのはちがうな」

重兵衛はそのあたりのことを説明した。

「そういうことか」

納得した顔になったが、左馬助はすぐに憂《うれ》いの表情を浮かべた。

「でも、いずれここを引き払って帰っちまうのか」

「そんなことはない」

「おぬしは侍だ。家以上に大切なものはないし、それに母上をいつまでも一人では置いておけまい。家督を放棄するつもりがあるなら、家を存続させる方法などいくらでもあるが」

左馬助が心配そうに見つめてきた。

「しかし重兵衛、やせたな。この前会ったばかりなのに、まるで別人ではないか。大丈夫か。なにか俺の知っている興津重兵衛という気がせぬぞ」

痛ましそうにいったが、気分を変えるように別のことをきいてきた。

「長坂どのはどうだ。よい師匠か」

「ああ。さすが新蔵どののご紹介だけのことはある」

重兵衛は断言した。

「これ以上ない、とてもよいお師匠だ」

その後、重兵衛は左馬助を二人に引き合わせた。

左馬助にすでに妻がいることをきいて、お以知が少し残念そうにした。

十一

重兵衛は角右衛門のもとに通い続けた。

足腰への厳しかった稽古も、日が重なるにつれ、さして重荷にならなくなった。

その適応のはやさに、角右衛門のほうが目を丸くした。

「もともとしっかり鍛えてあるがゆえだろうが、いやはやたいしたものだ」

それにしても、いつ家を訪れても、角右衛門の妻が他出中であることに重兵衛は気がついた。

「そろそろ問われる頃だと覚悟はしていた」

角右衛門はばつが悪そうにうしろ頭をぼりぼりとかいた。

「出ていって、もう三月になるか。いずれ戻ってくるさ」

こともなげにいう。

「しかし三月もの間どうして……いえ、あの、おききしてもよろしいですか」

「むろんよ。隠そうなんて気は、はなからないのだ」

それでも角右衛門は苦笑を顔に刻んだ。

「妻はな、男をつくって出ていったのだ」

さすがに重兵衛は言葉につまり、とっさになにもいえなかった。

「……まことですか」

かろうじて口にする。

「ああ、いつものことだ。せいぜい長くて半年ばかりで男に捨てられ、また帰ってくるのだ。ここ十年、その繰り返しよ」

「十年もですか」

角右衛門はにやりと笑った。

「すぎてみればあっという間よ」

目を転じ、暮れゆく寺の境内で鬼ごっこをしている子供たちを眺めやる。

「だからあの六人のうち、どれが本当の子か、わしにもわからぬのだ」

角右衛門の言葉に度肝を抜かれながらも、そういうことだったのか、と重兵衛は得心した。

兄弟なのに六人が六人とも似ていないのはどうしてなのか。あまりに似ていないために、重兵衛は正直、六人とももらい子なのでは、と考えていた。

「まったくなんでこんなことになったのか」

角右衛門はため息をついたが、さして困っている顔には見えなかった。むしろ、子供たちを見る瞳には生き生きとした色がある。

「もしやすると全員他人の子かもしれぬが、捨てるわけにもいかず、こうして育てておるわけよ」

そのあたりの事情を知ってか知らずか子供たちの表情に暗さはまったくなく、むしろたくましさだけが強調されている。

重兵衛は勇気づけられる思いだった。

そして、なにものにもとらわれずこうして暮らしている角右衛門が、うらやましい、とも思った。

俺もこういう人になりたい。

しかし、実際のおのれはどうなのか。

俊次郎の仇という事実は確かにあるが、主命に唯々諾々《いいだくだく》としたがって、遠藤恒之助を秘密裏に殺そうとしている。仇であるなら正々堂々と討つべきなのに、そうはしていない。

これで人の道を歩んでいるといえるのか。

「なんだ、どうした。なにかさとったような顔だな」

「いえ、さとったというほどの大袈裟なことでは」

重兵衛は笑顔を向けた。

「お師匠に、心からの憧れを抱いたということです」

「こんなわしに憧れとはな。酔狂なやつだ」

角右衛門は木刀を肩にのせた。

「よし重兵衛、今日からはこいつでやるか」

「本当ですか」

「そんなにうれしそうな顔をするな。ひたすら走らせてきたことに、わしが申し訳なさを覚えるではないか」

木刀を握り、軽く素振りをくれる。

「もっとも、とんぼから羽をむしり、地べたを走りまわれ、と命じていたみたいなものだからな。ほら羽だ、受け取れ」

投じられた木刀を重兵衛はばしっと力強く受けた。

「どうだ、本当に飛べるような気分になったのではないか」

その通りだ。木刀とはいえ、いかに自分がこのときを切望していたか。角右衛門が刀の類を手にするのを禁じたのは、この渇望感を持たせたかったからでもあるのだろう。

「でも、お師匠はどうされるのです」

「わしか。わしはあれだ」

角右衛門が子供に呼びかける。

「おーい、持ってきてくれ」

年かさのお糸《いと》という娘が二本の細長い竹みたいなものを持ってきた。釣《つ》り竿《ざお》だ。

「ありがとう」

角右衛門は娘から受け取ると、釣り竿を二刀流のように構えた。釣り竿は長さがややちがう。左手のほうが二尺は短い。

「どうだ、遠藤の間合はこっちの釣り竿くらいではないか」

右手を持ちあげてみせる。この釣り竿は長さが二間近くある。

重兵衛はうなずいた。

「この二本の釣り竿をかいくぐって、わしの懐に飛びこめるようになれば、きっと遠藤を倒すことができよう」

重兵衛は、角右衛門が釣り竿に長さのちがいを持たせたわけに思い当たった。

長めの釣り竿一本では遠藤の刀のはやさをあらわすことができない、との判断だろう。

重兵衛は釣り竿をあらためて見た。

角右衛門ほどの遣い手が持つ、よくしなる二本の釣り竿のはやさは、あるいは遠藤をしのぐかもしれない。釣り竿は顔や肩、脇腹を容赦なく打つはずだ。それを見事くぐり抜けて、懐に飛びこむことができれば……。

そういうことだったのか。

ここではじめて重兵衛は、体を鍛えあげることに主眼を置いた角右衛門の考えを理解した。

燕《つばめ》のようなはやさと敏捷《びんしょう》さ。

遠藤恒之助の懐に飛びこむには、それだけのものを身につけなければならない。足腰に強靱な力を備えない限り、それを具現することはできない。

「よし来い、重兵衛」

角右衛門が静かにいって、釣り竿を構えた。右手は高く、左手は肩より低い位置にある。距離は三間ほど。重兵衛は木刀を八双《はっそう》に移し、じっと角右衛門を見た。

隙はない。がむしゃらに突き進んだところで、釣り竿に打たれるのは目に見えている。どうすればいい。

「重兵衛、どうしたっ」

角右衛門が活を入れるように声を飛ばす。

「打たれたからって死ぬわけではないぞ」

そうなのだ、と重兵衛は思った。これは遠藤を討つための稽古だ。打たれ、痛みを感じることこそ打倒遠藤恒之助につながる。

重兵衛は気合を発し、飛びこんでいった。

遠藤の間合に入ったのを自覚した瞬間、釣り竿が飛んできた。重兵衛は木刀ではね飛ばした。

半尺も進まないうちに胴を狙われた。重兵衛は叩き落としたが、頭上からほぼ同時に飛んできた一撃への反応がおくれた。

びしりと左肩を打たれた。

「よし、殺した。遠藤の勝ちだ」

遠藤恒之助は二刀流ではないから同時に面と胴を狙われることはないが、遠藤だってあれから確実に腕をあげているだろう。これくらいの攻撃をかわせない限り、勝機はない。

角右衛門が笑みを見せた。

「わかっておるようだな。文句が出るかと思ったが、さすが我が弟子だ」

再び釣り竿を持ちあげる。

「よし、かかってこい」

重兵衛は体勢を低くし、突っこんだ。続けざまに放たれる釣り竿の第一撃、二撃は避けられるが、そこから先がどうしても駄目だ。

しばらく繰り返しているうちに重兵衛には、左の頰を含めていくつかの傷ができた。すでに肩で息をするようにもなっている。

「どうした、もう終わりか」

「まだまだ」

重兵衛は子供の頃、祖父に連れられていった釣りの際、目にした光景を思いだしている。激しい流れに何度はね返されてもあきらめずに乗り越えようとする鮎の姿。それを今、自らに重ねていた。

いつの間にか子供たちが寄ってきていた。

「重兵衛、子供たちにいいところを見せてやれ。打たれてばかりでは格好悪いぞ」

「そうだよ、おじちゃん、がんばれ」

「このままだと、また俺たちを背負うことになっちゃうよ」

「もう走るの、いやでしょ」

鍛錬がまだ足りないのか。いや、ちがう。もう十分と判断したから、角右衛門は木刀を手にする許しを与えたのだ。

あの懐に、と重兵衛は角右衛門を見据えて思った。飛びこむだけの力は十分に備わっているはずなのだ。

まだ手立てが見いだせないだけの話だ。どうすればよいのか。

なにか工夫をしなければ、ただ打たれ続けるだけだ。

重兵衛はしたたり落ちる汗で目がかすみはじめたのを感じた。拭いたかったが、遠藤との戦いではそんなことは許されない。

「よし、今日はここまでにしておこう」

不意に角右衛門が宣した。

「なにか手立てを講じなければ、倒せぬ。それがわかっただけでも、重兵衛、収穫だ」

角右衛門が笑みを浮かべていった。

第三章

一

「あの男。師匠についたようだ」

「師匠とは」

恒之助は、興津重兵衛が剣の師匠について稽古に励んでいることを乙左衛門に話した。

「ほう、やつがそんなことを。腕にはかなりの自信があるはずだが。……よほど追いつめられたのだろうな」

「そういうことだろう」

「その師匠の腕は」

「かなりのものと」

「名は」

恒之助は告げた。

「長坂角右衛門だと。知らぬな」

「なかなか愛すべき男らしいぞ」

恒之助は、角右衛門の妻のことを話した。

「調べたのか」

「お麻衣に頼んだ」

奉行所の捕り手たちを打ち破ったあと、さてどこに行こうか、と考えていた恒之助に横からお麻衣が声をかけたのだ。

お麻衣に導かれて、恒之助はすでに新たな家に落ち着いている。

「なるほど。だが、そういう無欲無心の者こそ手強《てごわ》いぞ。かまわぬのか」

乙左衛門がただしてくる。

「そういう者に師事したとなれば、やつは以前より強くなろうに」

恒之助は薄ら笑いを浮かべた。

「やつが強くなる。それはむしろ望むところよ」

恒之助ははやくその瞬間を手にしたくてならない。ただ、そんなにはやく来なくても、という気持ちがないわけではない。

楽しみは、できるだけ先に取っておいたほうがよいのではないか。

「相当の自信だな」

「いや、やつに怖さを感じていないといえば嘘になる。大言を吐くことで、自らを追いこんでおるのさ」

「なるほど。だったら待つなどせず、今やつを殺したらどうだ」

「今なら確実に殺れるかもしれぬ。しかし、待ってみたい、という誘惑のほうが強い。やつがどれだけ変わるものか。それはおのれが持つ力の証でもあるゆえ」

「殺せる機会をみすみす逃すとは、我らに理解できることではないな……」

「乙左衛門どのが殺るというのなら、それがしは譲ってもかまわぬが」

乙左衛門がふっと笑った。

「そんな慎み深いことはいわんでもよい。おぬしが興津重兵衛の命をどれだけ欲しているか、知らぬわしではない」

「しかしやつに五人も殺されたのであろう。やつの命をほしいのは乙左衛門どのもそれがしと変わらぬはずだが。忍びというのは、それは執念深いものときいておるぞ」

「五人の仇を討たぬことには腹が煮えてならぬのは事実だが、今は遠藤どのが我らに代わって討ってくれることを信じておる。我らにはやつの生首《なまくび》を与えてくれるだけでよい」

「生首をどうする」

「目玉をくり抜き、鼻をそぎ、耳を切り落とすだけのこと。それらを死んだ五人の墓に供えるつもりでおる」

恒之助は、この男なら魚をさばくより楽にやってのけるだろうな、と思った。

「ところで、やつのもとに女が二人住まっていることを知っておるか」

恒之助はただした。

「国から出てきたという女だな。一人は許嫁だとか」

「ご存じだったか」

「まあ、こちらもやつから目を離さぬようにはしておる」

乙左衛門がこともなげにいって続ける。

「やつを連れ戻しに来たらしいな」

「その通りだ。ただ、やつの様子からして、許嫁とは思っておらぬようだが」

乙左衛門が目を光らせる。

「それでも、つかえるのではないか」

「おとりとしてか。さて、どうかな」

「やつを、どこか人けのない場所におびき寄せねばならぬのはまちがいなかろう」

「確かに。手立ては追い追い考えるつもりでいる。まだときは十分にある」

「そうか。ま、おぬしのやることにわしは口をはさまぬ。ただし力はいくらでも貸すゆえ、必要なときは遠慮なく申しつけてくれ」

乙左衛門の目が不気味に光った。

二

「お師匠さんはちがうっていったけど、頬があんなにこけちまったのは、やっぱりあの女のせいだよ」

人けのない広い境内に、吉五郎の声が響き渡る。

「あんた、もうちょっと小さな声で話しなさいよ。これはいわゆる密談よ。それに、そんな大きな声だされたら、こっちの耳が痛くなるじゃないの」

「わかったよ」

お美代は境内を見渡した。

夕暮れが近い雷神社《いかずちじんじゃ》の境内にいるのは、自分たちと鳥が数羽だけだ。

今日は冬とは思えないほどの陽気だ。大きく傾いている太陽はとうに勢いを失っているが、南から吹く風には湿り気があり、春のようなあたたかさを含んでいる。

枝に並んでとまっている鳥たちも、いかにものんびりとした風情でときおり穏やかに鳴きかわしている。

「まったく昔っから、半鐘を間近できいてるみたいにうるさいんだから」

「わかったっていってんだろ、お美代」

「ほら、またうるさくなった」

吉五郎はあわてて声を低めた。

「とにかくだ、お師匠さんがあんなになっちまったのは、あの女が連れ帰るなんていったからだよ。このままじゃお師匠さん、きっと病気になっちまうぜ。その前においらたちでなんとかしなきゃ」

「もし病気になったら」

松之介が続けた。

「故郷で静養するのが一番ってなことになって、お師匠さん、本当に帰っちまうかもしれない」

「それはまずい。実にまずい」

「でもどうすればいいのよ」

お美代はたずねた。

「とにかく、あの女がいなくなればいいんだよ」

「この前だって話し合ったけど、いい案、浮かばなかったじゃないの」

吉五郎が腕を組む。

「そうだな、ここに呼びだして袋だたきにするってのはどうだ」

「それだと私たち、お役人につかまっちゃうわよ」

「そうだよ、吉五郎」

松之介がむずかしい顔でいう。

「それにあの女、かなりこっちのほう、遣うらしいぞ」

刀を振るう仕草をした。

「ええ、そうなのか」

吉五郎は気おくれの表情に変わった。

「あんた、なにおびえてんのよ」

「だって斬られるかもしれないんだぞ」

「あんた、ほんとに馬鹿ね。私たち相手に刀なんてつかうわけないでしょ」

「あ、そうか。そうだよな」

吉五郎は元気を取り戻した。

「だったらこういうのはどうだい」

気絶させて裸にし、木につるす。そうすれば恥ずかしくてもう村にはいられないはず。

「どうやって気絶させるのよ。本当に遣い手だったら、うしろから近寄るのだってたいへんよ」

「それもそうだな」

「もしやれたとしても、お武家の女にそんなことしたら自害しかねないわよ。そこまではさすがにできないでしょ」

自分も女として、決してやってはいけないという思いがお美代にはある。

松之介が顎の肉をつまんだ。

「こういうのはどうかな」

気絶させて舟に乗せ、新堀川《しんぼりがわ》に流す。

「あの女、江戸は不案内だから、二度と村には戻ってこられないはずだよ」

「だから、まず気絶させるのがむずかしいのよ。それに、どうやって舟を手に入れるの。

仮にうまくやれたとしても、もし誰にも気づかれずに海まで出ちゃったら、本当に死んじゃうかもしれないわよ」

「そうか。人殺しになっちまうか」

「そうよ、牢に入れられちゃうわ」

「じゃあ、簀巻《すま》きにして川に流すというのも駄目か」

吉五郎が肩を落とす。

「落とし穴で生き埋めに、ってのも考えたけど、これも無理だな」

「むずかしいなあ」

松之介が嘆息する。

吉五郎が顔をあげた。

「お美代、おまえさ、さっきから文句ばっかりつけてるけど、おまえもなんか案をだせよ。人のこと、馬鹿呼ばわりするくらいだから、なんかあるんだろ」

「あんたのことを馬鹿っていうのは、本当に馬鹿だからよ」

「いうほどおいらは馬鹿じゃねえぞ」

「いーえ、馬鹿よ。大馬鹿よ」

「人のこと、馬鹿っていうほうが馬鹿だっていってたぞ」

「誰がいってたのよ」

「えーと、誰だったかな。いいだろう、そんなこと。母ちゃんだったかな……とにかく誰かがいってたんだよ」

「ちょっと待った」

松之介があいだに入る。

「今はそんなこと、いい合ってる場合じゃないよ。あの女をなんとかする、それを話し合ってるんじゃないか」

「そうだったわね、ごめんなさい」

お美代は素直に謝り、考えはじめた。

「そうねえ、あの女、お師匠さんに惚れてるのは確かよね」

「まあ、許嫁っていい張る以上、そういうことなんだろうな」

「誰かほかの男に気持ちを向けさせればいいのよ」

「なるほど」

「誰か心当たりがあるのか」

松之介がきく。

「村のなかであの女の気持ちを惹《ひ》きそうな人、いないかしら」

「いるかなあ」

吉五郎が間近に立つ杉の木を見あげる。

「それって、かなりむずかしいと思うぜ。だって、お師匠さんよりいい男、ってことになるんだもんなあ」

じっと見つめてくる。

「お美代だって、お師匠さんから気持ちを移せっていわれても無理だろう」

「そうね。あんたのいう通りだわ」

「なんだよ、その通りなのかよ」

吉五郎が小声で毒づく。

「とにかくさ」

松之介が声を励ました。

「お師匠さんがいい男すぎるから、その案は駄目だな。お美代ちゃん、ほかにはないか」

お美代はかぶりを振った。

「なにもないわ」

「お美代、じゃあどうすればいいんだよ」

吉五郎が悲しげに問う。

お美代は、ここは正面からぶつかるしかないとさとった。

三

八つを告げる鐘がきこえてきた。ずいぶんと長く感じられた手習がようやく終わった瞬間だ。

お美代は大きく息をついた。

それにしても、今日は昨日のあたたかさが嘘のように寒い。季節という生き物が今が冬であることを思いだし、本気をだしてきたかのようだ。

教場には大きな火鉢が置かれているが、それだけでは凍《こご》えそうになるほどだ。厚着をしていても、寒さが腰や懐に隙間風のように忍びこんでくる。

「さあみんな、終わったわ。さっさと帰っていいわよ」

吉乃が手をぱんぱんと叩いていう。

お美代はにらみつけた。口も性格も悪いが、やはり顔だけはきれいだ。

特に、しっとりと濡れたようなあの目の美しさはどうだろう。黒々とした輝きを放つ瞳は、悔しいけれど、まるでやおよろずの神があの女だけを選んで埋めこんだ、この世に二つとない宝のようだ。

「おいお美代、なに怖い顔してんだ。帰らないのか」

「先に帰っていいわよ」

その言葉を無視して吉五郎が横に座った。顔を近づけ、ひそひそ声でいう。

「おい、まさかあの女になにかするつもりじゃないだろうな」

「昨日いったでしょ。なにもしないわよ」

「本当はなにかするんだろ」

「しないわよ。ほら、松ちゃんが待ってるわ。はやく帰りなさいよ」

「わかったよ」

吉五郎が立ちあがった。

「でも、なんでおいらは呼び捨てで松之介はちゃんづけなんだよ」

ぶつぶついいながら歩き去ってゆく。

お美代は、お以知という女が心配そうな目で、こちらを見ているのに気づいた。昨日も手習の最中、同じような目をしていた。

ちらりと目をやると、本は『農業往来』だった。むずかしい顔で文机の上に置いた本を読んでいる吉乃の前に立った。

「ちょっといい」

吉乃は気づかない。突き刺すような目で『農業往来』を読んでいる。

これにはお美代は意外な感に打たれた。

へえ、けっこうまじめに取り組んでるんだ。

お美代は大きな声でもう一度呼んだ。

しかしまたも気づかない。お以知が、お嬢さま、と軽く肩を揺すった。

「なに」

吉乃がお以知を見る。

「なにか用があるみたいですけど」

お以知がお美代を示す。

吉乃が見あげた。

「なに」

「ちょっといい」

吉乃が教場を見渡した。残っているのはお美代だけ、というのがわかったようだ。

「いいわ。お座りなさい」

お美代は文机の前に正座した。

「どうかしたの」

「お願いがあるの」

「どうぞ。お話しなさい」

吉乃がまっすぐ見つめてくる。

お美代は、その瞳の光に負けないよう目に力をこめた。

「お師匠さんを連れてかないで」

畳に手をつき、頭を深く下げる。

「どうかお願いします」

さすがに吉乃は困った顔をしたが、きっぱりといいきった。

「それはできないわ」

「どうして」

「お美代ちゃん、お母さんはやさしいの」

いきなりきかれてお美代はとまどったが、すぐに答えた。

「ええ、とても」

「重兵衛さまのお母さまも、とてもやさしいお方なの」

「じゃあ、お師匠さんはきっとお母さんに似たのね」

「そうね。常に人を思いやる重兵衛さまの性格はお母さまから受け継いだものかもしれないわ。お顔も、目なんかそっくりよ」

お美代は、重兵衛の母親に会ってみたい衝動に駆られた。

「ね、お美代ちゃんも会ってお話をしたいでしょ」

心を見抜かれたが、不快な感じはしなかった。お美代はこくりとうなずいた。

「お美代ちゃんでさえそうだから、重兵衛さまはもっと会いたいお気持ちは強いんじゃないかと思うの」

それはそうだろう。もしあたしが、とお美代は思った。おっかさんと離ればなれにされたらどんなに悲しいだろう。胸が張り裂けて死んでしまうのではないか。

「お母さまも、口ではいわないけれどとても寂しい思いをされているの。しかも俊次郎さまを失われたから、子供はもう重兵衛さましかいらっしゃらないの」

「お師匠さん、お父さんはどうされたの」

「重兵衛さまがお若い頃に亡くなっているわ。確か心の臓の病だった」

「じゃあお母さんは今一人なのね」

「そう。かわいそうでしょ」

「お母さんはおいくつなの」

「四十三よ」

おっかさんより十も上だ。広い屋敷に独りぼっちで暮らしているその姿を思い浮かべたら、お美代はせつないような、悲しいような気持ちで一杯になった。

「でもお美代ちゃんの気持ちもわかるの。重兵衛さまにいなくなられたら、どんなに寂しいことか」

重兵衛が去ったこの教場のことを思ったら、お美代は悲しくて涙がこぼれ出てきた。

吉乃がじっと見つめている。

「私ね、重兵衛さまのことがずっと好きだったの。だから、まだ正式ではなかったけど、ある人を通じてそういうお話があったとき、天にものぼる気持ちになったわ」

吉乃はそのときのことを思いだしているようで、頰を上気させている。その表情がまぶしいほど美しく見えた。

「それが急に重兵衛さまがいなくなって、しかもそのお話を持ってきてくれたお人を手にかけた、というのをきかされて、私はもうびっくりしてしまって」

「お師匠さんの無実を信じなかったの」

「もちろん信じたわ。重兵衛さまも侍である以上、人を斬るだけの覚悟を常に心に秘めておられるのはわかっていたけど、話をきいた限りではとても妙な感じを受けたし、それに、重兵衛さまとそのお方はとても親しい友人同士でもあったし……」

吉乃が言葉を途切れさせる。

「ねえ、お師匠さんのお母さんのお世話をしていたって本当なの」

「ええ、本当よ。重兵衛さまがいなくなって、お屋敷は出入りを一切禁じられたからそのあいだはなにもできなかったけれど、重兵衛さまの無実の罪が晴れたと知って、私はすぐに駆けつけたわ」

「お母さんとはそんなに親しかったの」

「ううん、それほどでもなかったわ。花見などの催しや、近しい人のお葬式などで挨拶をかわすのがせいぜいだったわ。でも、お話があって重兵衛さまの妻となるのが決まったみたいなものだから、重兵衛さまがお帰りになるまで、お世話をさせていただこうと押しかけたの。もちろん、このお以知を連れてね」

お以知がにっこりと笑う。

「お母さまはお嬢さまを受け入れなさいました。でも、あまりになにもできないことにびっくりなされて……」

「包丁も教わったのだけれど、私、素質がないのか、どうも駄目なのよね。お母さま、最後はあきらめてらしたわ」

「それがどうして江戸に出てきたの」

「それはわかるでしょ。潔白がはっきりした以上、重兵衛さまが江戸にとどまっていらっしゃる理由も必要もないのに、いつまでもお帰りにならないことに私が業を煮やしたの」

「じゃあ、お母さんに頼まれたわけじゃないのね」

「そうよ。でも、お母さまが重兵衛さまの一日もはやいお帰りをお望みになっていることは、なにも口にされずともわかったわ」

お美代はお以知を見た。お以知は、その通りです、とばかりに深くうなずいた。

お美代に確かめるつもりはなかった。無実の罪が晴れた我が子の帰りを待つ。母親として当然の気持ちであるのは理解できたからだ。

「それに武家って、とても家のことを大事にするの。家が未来永劫《えいごう》、ううん、すごく長く続くことこそ最も大事って考えているの。もし重兵衛さまがお戻りにならないと、興津家は断絶ってことにもなりかねないわ。なんといってもご嫡男《ちゃくなん》だから」

家のこともよくわかる。自らの家を守るために一所懸命になるのは武家だけではない。村のなかでも、婿や嫁のことでそういう問題がよく起きている。

「今もお母さんはお師匠さんの帰りを待っているのよね」

「そうよ。ねえお美代ちゃん、こんなこと考えたことあるかしら。もし重兵衛さまがいなくなったとしても、次にやってくるお師匠さんも重兵衛さまみたいな人、ということ」

「そんなのあり得ないわ。お師匠さんみたいな人はほかにいないもの」

「重兵衛さまの前のお師匠さんはどんな人だったの。いやなお師匠さんだったの」

「そんなことなかったわ。とてもいいお師匠さんだった」

「だったら、次のお師匠さんもきっといいお師匠さんよ。あなたたちは、きっと運に恵まれてるのよ」

「運に」

「そう。いいお師匠さんが必ず来てくれるっていう運よ」

そうなのだろうか。今のお師匠さんと同じくらいいい人が来てくれるだろうか。

お美代は首を振った。自分にとってお師匠さんと自信を持っていいきれるのは、今のお師匠さんしかいない。

でも、お母さんのことを考えると……。

お美代は下を向き、考えこんだ。

お師匠さんをお母さんに返してやるのが最良のことに思えてきた。

四

目の前に遠藤恒之助。

重兵衛は木刀を構え、にらみつけている。

どうすれば、あの剣をかいくぐれるか。

いまだにいい工夫は浮かばない。

しかし焦りは感じていない。遠藤は剣が完成するのを、待っていてくれるのだから。

とにかく、じっくりと完成を目指せばいい。

重兵衛は遠藤と見立てた欅《けやき》の大木に何度も突っこんだ。

いずれも反撃を食らい、押し返された。

ただし、斬られはしなかった。これは大きな収穫だ。これまで対決を繰り返すたびに重兵衛は何度も殺されていたのだ。

これも角右衛門が鍛えあげてくれたからこそだ。その自信が確実に腕を引きあげてくれている。

再び木刀を構え、息を細く吐きだす。

遠藤の姿がくっきり見えている。

立ちはだかる大岩のように感じられるのはこれまでと変わりないが、その大きさが少しだけ小さくなったように見える。錯覚では決してない。

このまま角右衛門のもとで稽古を続けていけばきっと……。

冬が本領を発揮したかのようにひじょうに寒かった昨日とは一転、今日はまたも春が一足はやく来たようなあたたかさに包まれている。汗の出が昨日とはちがうが、今日の汗はこれまであったべたつきが感じられず、さらっとしているような気がした。

ふと右手の藪《やぶ》に人の気配を嗅《か》いだ。はっとして顔を向ける。

そこから顔をのぞかせたのは吉五郎だった。うしろに松之介もいる。

力が抜けた。木刀をおろす。

「ねえお師匠さん、ちょっといい」

二人とも藪から出ようとせず、遠慮がちにいう。

「どうした」

手招くと、二人はおずおずと進み出てきた。重兵衛の顔を見て、二人ともほっとしたように息をついた。

「今日はあまり怖い顔してないね」

「ちょっとは前のお師匠さんに戻りつつあるみたいだ」

口々にいった。

「でも、まだ目が怖いけどね」

「そうか、まだ駄目か」

重兵衛は苦笑し、すぐに表情を引き締めた。

「話があるのだろう。どうした」

「あの、お師匠さん、お美代のやつ、元気がなくなっちゃったんだ」

吉五郎が思いきったようにいい、松之介が続ける。

「昨日、あの女、いや、吉乃さんと話をしてから」

「吉乃どのとどんな話をしたのだ」

「お美代に追っ払われちゃったから、はっきりとはわからないんだけど」

前置きしてから吉五郎は雷神社での密談のことを語った。

「どんな手をつかったところでうまくいかないのがわかってお美代のやつ、お師匠さんを連れ帰らないよう、どうやら直談判《じかだんぱん》したみたいなんだ」

「それで」

「たぶん、吉乃さんにいいくるめられたんじゃないか、って思うんだけど」

吉五郎が顔をあげた。

「どう見ても、もうお師匠さんとの別れを覚悟したような顔をしてるんだよ。こっちがなにをいっても、寂しそうな笑いしか見せないし。おいらとしては、お美代をなんとか元気づけたいんだよ」

「ねえ、お師匠さん」

松之介が真摯《しんし》な光を瞳に宿していう。

「本当に本当に弟さんの仇討が終わったら、帰っちゃうの」

「一度帰って、母に顔を見せねばならぬとは思っている。本懐を遂げたことも知らせなければならぬし」

「そのあとはどうするの」

これは吉五郎がきいた。

「むろん、帰ってくるつもりだ」

「つもりって」

「跡取りとしていろいろしなければならぬことがあるからな、けっこう長くいることになるかもしれぬ」

「そのまま居ついちゃうんじゃないの」

それはない、といいかけて重兵衛はわずかにつまった。本当にそうなのか。

「やっぱり帰ってこないんだ」

躊躇《ちゅうちょ》を見逃さなかった吉五郎が不意に顔をぐしゃぐしゃにした。

「ちくしょう」

腕でぐいと涙をぬぐってきびすを返す。だっと走りだした。

「お師匠さん、なんでだよ」

松之介も涙顔でいい、駆けだしてゆく。

遠ざかってゆく二人の背中を、重兵衛はただ見送るしかなかった。なにをいったところで慰めにしかならない。

ため息をついて、重兵衛は木刀を構えた。

集中できない。遠藤はあらわれなかった。

もう一度あらためて息を入れ直し、気を静める。

しかし駄目だった。

重兵衛は木刀をだらりと下げ、空を仰ぎ見た。

あたたかな風が吹き渡っているせいもあるのか、雲はちぎれたようなのがいくつか見えるだけだ。太陽は西へ傾きつつある。

吉五郎たちがやってきたということは、もう八つはまわったということだ。角右衛門も手習を終えた頃だろう。

手拭いで汗を拭いた重兵衛はやや乱れている着物をととのえ、十徳をはおった。木刀を欅の裏に立てかけ、歩きはじめる。

足取りがひどく重く感じられてならなかった。


「どうした、気がかりでもあるのか」

角右衛門はいってから、苦笑を浮かべた。

「もっとも、おぬしはもともと気がかりだらけだよな」

それでも、いつもと様子がちがうのに気づいてくれたことが重兵衛にはありがたかった。

重兵衛は、先ほどあったことをお美代のこともまじえて話した。

「なるほど、そういうことか」

うなずいた角右衛門が境内を見渡した。ゆっくりと目を重兵衛に戻す。

「むずかしい問題だが、おぬしの気持ち次第ではないのか。重兵衛はどうなのだ。残りたいのか、それとも帰りたいのか」

俺の気持ちか。重兵衛ははっとした。これまで考えたことがなかった。母のことや家のこと、主命ばかりを考えて、自分がどうしたいのかまで思いが至らなかった。

重兵衛は目を閉じた。

子供たちと離れて暮らすことができるのか。

まず頭に浮かんだのはそのことだった。

母のことより子供たちのほうが先に来る。むろん、母をないがしろにしてのことではない。

つまりはそういうことなのだろうか。

「なんとなく進むべき道が見えてきたのではないのか」

黙って見守ってくれていた角右衛門が言葉を発した。

「わしの経験からいわせてもらえれば、とにかくなるようにしかならぬのはまちがいないところだな。流れに身をまかせてみることだ。流れにあらがったつもりでも、結局は流されていたのがあとでわかったりするものだし」

角右衛門は木刀を軽く振った。

「よし重兵衛、はじめるか。ここに来たときは、剣を完成させることだけに集中することだ。まずは遠藤恒之助を打ち倒す、それだけを考えるようにしろ」

その通りだ。重兵衛は一気に気迫を取り戻した。

角右衛門が木刀を放ってきた。重兵衛はそれを手にするや、すっと構えた。

身が入っている気がする。木刀と一体感があるというのか、これまでとちがい、いかにも自然に構えることができている。

いつものように角右衛門は二本の釣り竿を手にしているが、おっといいたげに目をみはった。

「おい、どうした。今日はすごいな。一皮むけたようだぞ」

そういって目を細める。

「これは楽しみだな。よし重兵衛、かかってこい」


何度かかっても角右衛門の釣り竿をかいくぐることはできなかったが、だがあと少しというところまで肉薄することができた。

懐に一気に迫ってゆけるだけのはやさは得られたような気がしている。あとは工夫さえできれば。

角右衛門も汗をたっぷりとかいている。これまであまりかかせることができなかっただけに、重兵衛はそのことが誇りに思えた。

「すごいな、重兵衛」

重兵衛の充実ぶりに、角右衛門は驚きを隠せない。

「遣い手なのはわかっていたが、しかしわしの予期した以上だな。びっくりだ。伸びしろがなにしろすばらしいぞ」

五

「邪魔したな」

惣三郎は浜松町にある旅籠《はたご》の暖簾を払い、東海道に出た。

「どうも旅籠にはもぐりこんでいないみたいですねえ」

冬らしさのまったく感じられないあたたかな風に吹かれながら、善吉がいう。

「どうやらそうみてえだな」

ここしばらく、惣三郎たちは東海道沿いにある旅籠をしらみ潰しに調べていた。しかしまったく手応えがない。

遠藤恒之助はいったいどこにもぐりこんでいるのか。この前みたいに、町の者からの決定的な知らせももたらされない。

まるで手がかりがつかめないことに、惣三郎は苛立ちと少々の徒労感を覚えている。

惣三郎は、せわしく行きかう旅人や町人たちをにらみつけた。

町廻り同心に凶暴な目を向けられた者たちが、びっくりしたように足早に遠ざかってゆく。

「旦那、お気持ちはわかりますが、関係ない人を脅すような真似はやめてくださいよ。もともとおっかない顔してるのに、今はもう誰彼かまわず食いつきそうですよ」

「本当に食っちまいたい気分だ」

惣三郎は頬を軽くさすり、両側を隙間なく建ち並ぶ建物にはさまれてまっすぐに続く東海道を見やった。

「あとは品川《しながわ》宿だな」

惣三郎はぱちんと指を鳴らした。

「あそこの女郎宿あたりに居続けてるんじゃねえのか。あの手の宿なら、居続けても怪しまれねえ」

惣三郎は顔をゆがめ、舌打ちした。

「なんでこんなことにもっとはやく気がつかなかったのかな」

「じゃあ、これから品川に行くんですか」

「なんだ、不満か」

「仕事ですから、不満ってことはないんですがね」

「はっきりいえ」

「旦那、重兵衛さんのところへ行きましょうよ」

「おまえ、あの吉乃とかいう女に会いたいだけだろうが」

「別にそういうわけじゃありませんよ」

「とぼけるな。相変わらず調子のいい野郎だぜ。こんなときによく臆面もなくそういうことがいえるもんだ。厚かましいったらありゃしねえ」

「旦那に厚かましいなんていわれたくないですよ」

善吉が小声でいう。

「まあいい。行こう。ここしばらくまじめに働きすぎたきらいがあるからな、いい息抜きだ。それに遠藤の野郎が重兵衛を狙ってるのはまちがいねえ。また姿を見せる、ってえのは十分に考えられる」

善吉がほれぼれと見る。

「すばらしい読みですねえ」

「見直したか」

「旦那の、白金村に行きたいっていう熱意は十分に伝わってきましたよ」

「重兵衛、いるか」

教場の入口から声をかけたが、返事はない。庭のあるほうにまわり、枝折戸を入る。

「おい善吉、なにかにおわねえか」

「確かに。なにか焦げてますね。火事かもしれませんよ」

惣三郎は縁側に飛び乗り、障子をひらいた。

座敷のなかがもうもうと煙っている。惣三郎は息を飲み、奥に向かって突き進んだ。

煙が流れてきているのは、どうやら台所からだ。

惣三郎は飛びこんだ。

女が二人いて、右往左往している。吉乃とお以知だ。

「はやく火を消せっ」

惣三郎が怒鳴ると、お以知がびっくりして振り向いた。

「ああ、はい」

お以知がかまどに駆け寄り、上にのっていた鍋をはずした。鍋はたき火のように煙をもうもうとあげている。お以知は咳きこみつつも、床に置いた。

「旦那、火事じゃないみたいですね」

善吉が安心したようにいう。

「そのようだな」

惣三郎は土間におりた。

「どうしたんだ。なにがあった」

お以知が惣三郎の前に立った。

「あの……」

「なんでもありませんよ」

吉乃が鍋を指さす。

「焦がしただけです」

「それにしちゃあ、盛大だな」

惣三郎はお以知を見つめた。

「なにがあった。ぼや騒ぎを起こしたとあっちゃあ、町方として見逃すわけにはいかん」

惣三郎が大仰《おおぎょう》にいうと、お以知がすまなそうにあるじを見た。

吉乃がうなずき、口をひらいた。

「私が鍋を焦がしたんです。煮物をつくろうとして」

惣三郎は歩み寄り、鍋の蓋《ふた》をあけた。おさまったように見えた煙がぼわっとあがる。

「こりゃすげえな。これだけ焦がすなんて、なかなかの手練だな。そうそう素人《しろうと》にはできるこっちゃねえぞ」

蓋を閉め、吉乃の前に戻る。

「おまえさん、煮物なんてできるのか。けっこうむずかしいらしいぞ」

「だから挑戦してみたんです」

「挑戦しただと。もしかしてはじめてか」

「そうです」

「なんで急に思い立ったんだ」

「重兵衛さまに召しあがっていただこうと思って。お母さまから煮物がお好きだってうかがっていたものですから」

少し顔を赤くしていう。

けっこうかわいいとこあるじゃねえか、と惣三郎は思った。

「お以知とかいったな。おめえは煮物、つくれるのか」

「はい、得意です」

「だったらなんで教えてやらなかった」

「お嬢さまが、私がうたた寝をしている隙を狙ったもので、どうしようもなかったんです」

「おめえもなんで一人でやろうなんて思ったんだ」

「だって、結局は全部、お以知がやってしまうんですもの。それだと私が重兵衛さまに食べさせたことにならぬじゃないですか」

「けなげなもんだな。でも、やっぱり教えを受けつつ覚えていったほうがいいだろうな。ここは手習所だ。お以知から包丁の手習を受けるのもいいんじゃねえか」

「旦那、いいお言葉ですねえ。びっくりしましたよ」

「ところで、今日はなにか」

吉乃がきく。

「重兵衛の顔を見に来たんだ」

惣三郎は善吉を指さした。

「こいつはちがうが」

「ちょっと旦那」

「いわねえよ、安心しろ」

惣三郎は吉乃に向き直った。

「重兵衛はどこへ行ったんだ」

　吉乃が説明する。

「ああ、剣術の師匠のところか。そういえば、そんなことといってたな」

「あの、こんなところではなんですから、おあがりになりませんか」

　お以知がいう。

「そうだな。もう火のほうは大丈夫だな」

　連れ立って座敷に入る。

「今、お茶をいれてきますから」

「悪いな。ちょうど喉が渇いてたんだ」

　お以知が廊下に出ようとするのを、吉乃がとめた。

「私がやります」

「えっ」

「そんな意外そうな顔をするんじゃありません。お茶くらい、私にだっていれられます」

「あの、いれ方はおわかりですか」

「当たり前でしょう。それからお以知、全部一人でやりますから、あなた、様子を見に来るんじゃありませんよ」

　そういい置いて廊下を歩いていった。

「あんなに気張るほど、大層なことでもねえのにな」

惣三郎は苦笑した。

「まったくおもしれえねえちゃんだぜ」

お以知は心配そうに廊下に立っている。

「あれで、すごくおやさしいところもあるんですよ」

「そりゃそうだろう。そういうところがなきゃ、おまえさんもついてかねえよな」

「なるほど、そうですよねえ」

善吉が深く納得した表情を見せた。

「なんだおめえ、自分にも通ずるものがある、ってえ顔してやがんな」

「そりゃそうですよ。お以知さんのなさっている苦労が、あっしにはもう手に取るようにわかりますよ」

「ちょっと待て。俺があんなにひでえっていうのか」

「お以知さん、そんなところに突っ立ってないで、座ったらいかがです」

善吉が猫なで声をだす。

「お茶をいれるだけですから大丈夫ですよ」

この野郎、無視しやがった、と惣三郎は腹のなかで舌打ちした。しかもこいつ、お以知に惚れやがった。節操のねえ野郎だ。あっさり鞍替《くらが》えしやがって。

「まったくしょうがねえ馬鹿だな」

これまでなら、なんのことです、とばかりにきいてくるはずだが、善吉の瞳は煮物に箸を突き通すみたいにお以知にまっすぐ向けられたままだ。

「善吉のいう通りだ。いくらなんでもやれるだろう」

「お二人は、お嬢さまをあまりご存じないから……」

惣三郎は善吉と顔を見合わせた。

「旦那、お茶くらい、あっしにだっていれられますよ」

「ふつうはそうだ。だが、あの娘は俺たちの考えのはるか上を行くようだぜ」

こりゃ覚悟しておいたほうがいいのかもしれんな、と惣三郎はつぶやいた。

吉乃はなかなか戻ってこなかった。

「おいお以知、見てきたほうがよくねえか。いくらなんでもかかりすぎだ」

「いえ、でも……」

腰を浮かしかけたお以知がほっとした声をあげた。

「戻ってこられました」

四つの湯飲みをのせた盆を持って、吉乃が入ってきた。えらく汗をかいている。

手伝おうと立ちあがったお以知に、座っていなさい、とばかりに首を振る。盆を壊れ物でも扱うようにおそるおそる畳に置き、湯飲みを配りはじめた。

受け取った茶を見て、惣三郎は顔をしかめた。横で善吉も同じ表情だ。

白いあぶくが一杯に立っている。しかも緑が異様に濃い。

「どうぞ、お召しあがりください」

吉乃が額の汗をそっとぬぐっていう。

「おい善吉、はやくいただけ」

「旦那こそ先に飲んでください」

「毒味は下の者から、って昔から決まってるだろうが」

「毒味ですって」

吉乃が目を三角にする。

「はやく飲め、善吉」

覚悟を決めた顔で善吉は湯飲みを傾けた。うっと吐きだしそうになる。

なんとか善吉は飲みくだした。

「大丈夫か」

「むちゃくちゃ苦いですよ。というか、もうこれは薬湯《やくとう》ですね」

惣三郎も試しに一口飲んだ。すぐに悪寒《おかん》のようなものが背筋を這いあがってきた。

「おめえ、ひでえよ、こりゃ。どういうい れ方をしたんだ」

吉乃が説明する。

水を張った鉄瓶に茶葉を入れて沸騰させ、そのまましばらく煮続けた。

「煮だせば、そりゃ苦くなるわな」

吉乃がお以知に真剣な目を当てた。

「いれ方、まちがえましたか」

「はい、残念ながら」

「お以知、ちゃんと教えてやれよ」

わかりました、とお以知は答え、ていねいに茶のいれ方を述べた。

「なんだ、それだけだったのですか。ずいぶん簡単なんですね。不思議なものです」

今まで知らなかったおめえさんのほうがよっぽど不思議だよ。惣三郎は内心で毒づいた。

吉乃が湯飲みを手にし、くいっと飲んだ。飲み干しても平気な顔をしている。

「おいしいじゃないですか。喉が渇いていたからちょうどよかった」

「舌がおかしいんじゃねえのか」

それがかちんときたようで、吉乃が斬りつけるような目をした。

「探索のほうは進んでいるのですか」

「いや、まだだ」

「どういうふうに探索しているのです」

「ちょっとお嬢さま」

「かまわねえよ」

惣三郎は調べをどんな形で進めているか、簡潔に語った。

「そうなのですか。あの男、見つかりそうもありませんか」

「うまく隠れてやがるんだ」

「隠れる必要があるとはとても思えないんですけど」

「その通りだ。どうせ俺たちじゃあ、つかまえられんからな」

今も捕り手たちが立ち直ったとは、とてもいいがたい。

「重兵衛さまを怖れて身をひそめているのかもしれないですよ」

お以知が気をつかって、いった。

「遠藤恒之助は重兵衛さまを殺したがっています。それはあり得ませぬ」

いい捨てた吉乃が瞳に光をたたえて惣三郎を見る。

「重兵衛さまを張っていれば、きっとあの男、姿をあらわしますわ」

「それもあってこの村に来たんだ。あれ以来、見かけねえか」

「会ってないですね。それは重兵衛さまも同じでしょう」

吉乃が深いうなずきを見せた。

六

「重兵衛さま」

塚本三右衛門からもらった刀を手入れしているとき、襖の向こうから声がかかった。

「吉乃どのか」

襖があき、吉乃が入ってきた。

「一人か。まずいな」

重兵衛がいうと、吉乃が廊下に顔を突きだし、お以知を呼んだ。

お以知がやってきて、吉乃のうしろに控えめに正座した。

「今日、遠藤恒之助を捜しに河上さまがいらっしゃいました」

「そうか。顔を見たかったな」

吉乃は、重兵衛が脇に置いた刀に目を向けた。

「どうです。剣の稽古のほうは進んでいらっしゃいますか」

「だいぶ」

「勝てそうですか」

　重兵衛は苦笑した。

「これはまた単刀直入なきき方だな」

　表情をもとに戻した。

「勝つ。必ずだ」

　重兵衛の確信が伝わったか、吉乃はほっとした顔になった。行灯に照らされて陰影が深く刻まれたその顔がとても美しく見え、重兵衛はどきりとした。

　重兵衛は刀を手にした。

「きれいな刀ですね」

　吉乃が手を伸ばしてきた。重兵衛は素直に渡した。

　吉乃が怖れげもなく引き抜いた。刀身を行灯にかざす。

「美しいけど、あまりに細い……」

　そっと鞘にしまう。一連のその動きは、手練のみが持つなめらかさにあふれている。

「これを遠藤との対決におつかいになるのですか」

「そのつもりだ」

吉乃はむずかしい顔をした。

「この刀では無理ではないですか」

「やってみなければわからぬ」

「話にきく遠藤の妖剣を受けたら、一撃で折れるに決まっています。重兵衛さまほどの遣い手に、この刀はあまりに似つかわしくありませぬ」

吉乃が膝で近づいた。

「重兵衛さま、この刀はどうやって手に入れられたのです」

目の前に吉乃の顔がある。重兵衛は息苦しくなって、目をそらした。

「どうしてお答えにならぬのです」

重兵衛は息を入れた。

「もらった」

「どなたから」

重兵衛はまた目をそらそうとしたが、吉乃の眼差しがどこまでも追ってくるような気がして、じっと見返した。

「いえぬ」

「どうしてでございます」

重兵衛は口を引き結んだ。

「この刀、剣というものをほとんど知らぬ人が贈ったのでしょうね」

吉乃が独り言をつぶやくようにいう。目を閉じ、頭をやや傾け気味にしている。なにかを必死に考えていた。

やがてぱっちりと目をひらいた。それはまるで暗黒の空が一気に快晴に変わったような鮮やかさだった。

「ご家中の方ですね」

むっと重兵衛はつまった。

「なるほど、そういうことですか」

納得したように深くうなずく。

「重兵衛さまが国にお帰りになろうとせず、この村にとどまっておられるのは、ご家中のどなたさまかからの命ですね。前の江戸家老の不正をご公儀に知られたくないために、重兵衛さまに遠藤恒之助殺しを命じたのですね。ようやくわかりました」

吉乃が背筋を伸ばした。

「そうせぬと帰参が許されぬのですね。しかも、重兵衛さまがもし返り討ちに遭われたとしても主家は、家中の外の者ということで関与せぬのですね」

吉乃は顔に怒りをにじませている。

「あと始末を重兵衛さまに押しつけるなんて……。しかも俊次郎どのの仇ということにつけこんで、汚いやり方です」

口にしているうちにさらに腹が立ってきたようで、吉乃はこのまま上屋敷に怒鳴りこみかねない勢いだ。

「吉乃どの、まずは気持ちを抑えられよ」

重兵衛は、主命でとどまっているのは事実であることを教えた。

「主命ですって。では、こんな理不尽を命じたのは殿さまなのですか。そういうことですか。殿さまからの贈り物なら、これだけ華奢なのもわかります」

重兵衛は刀を受け取った。右手一本で軽々と持ち、刀架にのせた。

「俺に、主命に逆らう気がないのは事実だ。だが、それ以上に弟の仇を討ちたい気持ちのほうが強い。主命がもしなかったとしても、俺は村にとどまっていた」

吉乃は黙ってうつむいていた。不意に挑むような目をあげた。瞳が真夏の海を映したかのようにきらきらしている。

「あの娘も村にとどまるゆえんの一つでしょう」

ずばりいわれたが、重兵衛にもはやとぼける気はなかった。

「その通りだ」

「自分のことを許嫁だと思っているおなごに、ずいぶんはっきりと申されますね」

吉乃が深く息を吸った。それなりのふくらみを持つ胸が大きく上下する。

「重兵衛さま、見て差しあげましょうか」

なにをいっているのかわからず、重兵衛は見つめた。

「どのくらい腕があがったか、見て差しあげましょうか」

吉乃が外を指さし、立ちあがった。

「今からか。もう暗いが」

「重兵衛さま、遠藤恒之助が闇夜に襲ってこないとでもお考えですか」

これは……。

重兵衛は息を飲んだ。かなりやるのはわかっており、どの程度なのか確かめるつもりもあったのだが、予期していた以上だった。

座敷から漏れこぼれる灯りに淡く照らされた吉乃の立ち姿には隙がない。

これだけの腕がなぜ家事に活かされないのか、重兵衛には不思議でならなかったが、逆にこれほどまでの腕を誇っているからこそ、家事に手が及ばないということなのかもしれない。

「もし重兵衛さまが今ここで私に負けたら、本懐を遂げたのち国に戻ると約束してくださいますか」

竹刀の先から声が届いた。

おかしなことをいっておるな、と重兵衛は内心苦笑した。ここで吉乃におくれを取るような男が遠藤恒之助に勝てるはずがないのだ。

「よかろう」

むろん、負けるつもりなどない。ただし、かなり力を入れて戦わないとやられる。

気合をこめて吉乃が踏みこんできた。

女とは思えない鋭さを吉乃の剣は秘めている。それでも余裕を持って重兵衛は打ち返し続けた。

やがて吉乃は汗みどろになり、足元も怪しくなってきた。竹刀を打ちこむたびに足がふらつき、竹刀を引き戻すのにときがかかるようになった。

それでもなお吉乃はしぶとかった。必死に食らいついてくる。

その真摯さに、重兵衛は胸を打たれる思いだった。それほどまでにこのおなごは国に帰ってもらいたがっているのだ。

一瞬、子供たちを置いて帰ろうか、という思いがわいたが、すぐに打ち消した。

ここは楽にしてやるのが最善だろう、と重兵衛は気持ちを鬼にして竹刀を振るった。

吉乃の小手を打った。竹刀を取り落とした吉乃は左手でつかみ、再び振ってこようとした。

重兵衛は、おや、と思った。わずかに間がひらく。鋭く振られた竹刀が重兵衛の脇腹を打とうとした。

重兵衛は弾きあげ、またも小手を打った。次いで胴に竹刀を叩きこむ。むろん、寸前でとめている。

竹刀を引いた重兵衛は、今なにかをつかんだような気がした。それがなにかはまだ霧のなかで、はっきりとはしていないが。

再び竹刀を手からこぼした吉乃はついに力尽き、土の上にへたりこんだ。

大丈夫ですか。駆け寄ったお以知が抱き起こす。

「ええ、大丈夫です」

支えてもらい、吉乃は立ちあがった。肩で息をしつつ両手の甲を交互にさすっている。

「痛いか。すまぬな。力を入れぬと、とてもではないが倒すことはできなかった」

重兵衛は、今なにを目にしたのだろう、と必死に考えはじめた。

七

あくる日は手習が休みだった。

角右衛門のところは休みではなく、朝から行っても仕方なかった。

吉乃は無口だった。お以知がいろいろ話しかけても、気のない返事をするだけだ。

昨日の負けがよほどこたえたのか。それとも、俺に帰る気がないのをはっきりとさとったせいなのか。あるいは、おそのへの思いを認めたからか。

重兵衛は朝餉を終えると、いつもの林に向かい、木刀を握った。

目の前に遠藤恒之助。

必死に戦ったが、まだあの剣を破ることはできなかった。

だが、手応えは十分にあった。昨日よりもさらに遠藤は小さく見えたのだ。

こちらがのしかかれるほどになるのは、ときの問題のはずだ。

重兵衛の強さはきいてはいた。

しかし心のなかでは、十分やり合えるのでは、という思いがあった。

それはあっけなく打ち砕かれた。とにかく重兵衛は圧倒的だった。あの、山が立ちはだかるような雄大な構え。それなのに、蟻《あり》の巣穴ほどの隙すらも見つけられなかった。

幼い頃から父にしこまれて、周囲を瞠目《どうもく》させるほどの腕を持つに至ったはずなのに、子供扱いされた。

それが吉乃にとって衝撃だった。

これまで必死に積んできた稽古はいったいなんだったのか。女としての心得を放棄し、剣に懸けてきたというのに。

むろん、重兵衛がおそのという娘に心を寄せているという事実も、決して小さなことではなかった。

どこかで誰かの声がきこえた。

「お客さまのようですね」

お以知が立っていったが、すぐに戻ってきた。

「どなたです」

「こちらの家屋敷の持ち主の使いです」

「家主は確か田左衛門さんといいましたね。重兵衛さまにご用ですか」

「いえ、私たちにです。畑へ是非いらっしゃいませんか、というお誘いです」気晴らしにはもってこいに思えた。

吉乃は眉をひそめてみせたが、畑にはこれまで一度も出たことがない。

ただし、田左衛門が自分たちを歓迎しているはずがない。いったいどういう風の吹きまわしなのか、吉乃にはいぶかしむ気持ちが強い。

「あなたはどうなのです。行きたいのですか」

「ええ、是非やってみたいです」

お以知は興味を示した。

「私もです。では行きましょうか」

「この格好でよいのでしょうか」

「きっと、向こうで用意してくれるのでしょう」

二人は使いの者に案内されて田左衛門の畑に向かった。

「ああ、よくぞいらしてくれましたね」

寒風のなかはやくも汗をしたたらせている田左衛門が笑顔でいい、ていねいに挨拶する。

その穏やかな表情に、少なくとも裏などないように吉乃には見えた。

「おい、おその」

田左衛門が娘を呼んだ。

おそのが駆けてきた。吉乃たちに、深々と辞儀をする。

吉乃は軽く頭を下げた。じっと見つめる。

「あの、なにか」

おそのが戸惑ったようにきく。

「お嬢さま、どうしてそんなに怖い顔をされているのです」

吉乃ははっとした。

「そんなに怖い顔、してましたか」

ええとても、とお以知が答えた。

吉乃はにこっと笑い、頬をなでた。

「風が冷たいからでしょう」

田左衛門が近づいてきた。

「おその、お二人に着替えてもらわなければ。家までご案内しなさい」

おそのの先導で、吉乃たちは田左衛門の屋敷へ向かった。

「ねえ、あなたはどうなのよ」

つつましげに前を行く背中に、吉乃は我慢できずに声をかけた。

「ねえ、あなたよ、おそのちゃん」

おそのが驚いたように振り向く。

「なんのことでしょう」

「重兵衛さまのことが好きなの」

おそのは一瞬どういおうか迷ったように見えたが、すぐに、はい、と口にした。

「きっかけはなに。あなたの性格からして一目惚れじゃないんでしょ」

うなずいておそのが話す。

「ふーん、そう。頭から土手の下に落ちたところを重兵衛さまに助けられたの」

吉乃はそのときの様子を思い浮かべて、くすくす笑ってしまった。

「あなた、見かけによらず、そそっかしいのね」

うしろで妙な気配がし、吉乃はうしろにさっと首をまわした。

「お以知、あなた、なにかろくでもないこと考えたでしょ。正直におっしゃい」

「正直に申しあげてよろしいのですね。では申しあげます。よくもしゃあしゃあと人のことをそそっかしいといえるなあ、と私、あっけにとられてしまいました」

その言葉に吉乃のほうがあっけにとられた。

「あなた、あるじに向かってよくそういうことがいえますね」

「正直に、と申されたからそうしたまででございます」

「そうですわね。なにごとに限らず、正直なのはいいことだわ」

前を歩くおそのがうつむいている。その背中がひくひくと上下していた。

「ちょっとあなた、なにを笑っているの」

おそのが振り返った。

「申しわけありません。今のお二人のやりとりをきいて、ちょっと思いだしたことがあったものですから」

「なんですか、その思いだしたことというのは」

「あの、おそのさん、答えたくなければけっこうですから」

おそのはお以知に笑顔を見せた。

「御番所のお二人なんですけど」

「ああ、あの厚かましい同心とちょっと頭が足りなそうな中間ね。——おそのちゃん、あなた、あの河上惣三郎に私が似ているとでもいうの」

「いえ、吉乃さまが河上さまに似ているとは思いませんけど、お二人の雰囲気はあの二人にそっくりだと思います」

野良着に着替えた吉乃は畑に戻り、さっそく鍬を手にして土に突き刺した。

「ちょっとお嬢さま」

お以知が呆然と声を発する。

「なんですか、そのへっぴり腰は。昨夜のあのすばらしい構えが幻にしか思えませんよ」

「うるさいわね。だったらあなた、見本を見せなさい」

お以知が鍬を振りあげる。ただ、あまりに大きく振りすぎて、その拍子に足がすべり、尻餅《しりもち》をついた。うしろ向きになった鍬が土を叩く。

「あなた、私よりひどいじゃない」

お以知がもがくように立ちあがる。

「鍬を持つのは生まれてはじめてなんです」

「私だって同じよ」

見かねたおそのがこつを教えてくれた。

そのていねいな教えで、ようやく二人の腰つきはさまになった。

鍬を振るっているうち吉乃は、気持ちのいい汗が体を包んでゆくのを感じた。剣術の稽古のときもいい汗が出ているのを実感していたが、この汗はそれとはちがう。ほのかに立ちのぼる土の匂いが関係しているのかもしれない。

どこか懐かしさを覚える匂いだ。これまで土に触れたことすらなかったのに、どうしてこんな慕《した》わしい気持ちになるのか。

重兵衛さまも、と吉乃は思った。野良仕事をよくされているとのことだが、この感覚に強く惹かれているのかもしれない。

吉乃は小作人たちとも繁く話をした。

冬なのに誰もが真夏の子供のように真っ黒で、自分たちよりはるかに厚そうな肌をしている。長いことこういう仕事をしてきた年輪だ。

歳をきくと、実際の年齢よりほとんどの者が老けているが、これまで真っ正直に生きてきたことを示す、明るい笑顔がなによりもいい。

この人たちは、と吉乃は思った。人を操るなんてこと、これまで一度も考えたことがないにちがいない。

「ああ、吉乃さま」

小作人の一人があわてたように声をあげる。

「そこ、この前、種をまいたばかりですよ」

「えっ、ああ、ごめんなさい」

鍬を放りだし、土をもとに戻そうとする。その途端、足が滑り、吉乃は土に思い切り顔から突っこんだ。

小作人たちは大笑いだ。田左衛門もおそのも笑っている。抱えあげてくれたお以知も、必死に笑いをこらえる表情だ。

人に大笑いされるなど、これまでほとんどなかった。それなのに腹が立たない。

吉乃は不思議な気分のなかにいる。むしろ気持ちがいいのだ。

「大丈夫ですか」

おそのがきれいな手拭いを渡してくれた。

「ありがとう。大丈夫よ」

吉乃は穏やかに笑っている自分に気づいた。

重兵衛さまがこの村を離れようとしないのは、これだろうか、と思った。


仕事が終わると、田左衛門が屋敷にある風呂に入らせてくれた。

風呂らしい風呂にはいるのは本当に久しぶりで、吉乃は存分に湯をつかわせてもらった。

「今日は本当にご苦労さまでした」

吉乃たちの帰り際、田左衛門が頭を下げた。夕闇が深まり、軒端《のきば》も近くの木々の影も黒く染められつつある。

「いえ、お礼を申しあげるのは私どものほうです」

吉乃は野良仕事の最中、感じたことを言葉にした。

田左衛門は深くうなずいてくれた。

「正直申しあげますと、手前、吉乃さまを懐柔するつもりでいたんです。いかに重兵衛さんが村にとって大事な人物か、ということをご説明申しあげて。でも、吉乃さまの働きを拝見させていただいて、いかに自分が馬鹿なことをしようとしていたか、思い知らされましたよ。吉乃さまの、あの一所懸命さには心を打たれました」

田左衛門はすがすがしい笑顔を見せている。

八

「しっかしおめえもしょうがねえ野郎だな」

惣三郎は善吉に文句をたれた。

「気持ちがわからねえではねえんだが、あの娘はいずれ高島に帰っちまうんだぜ」

相変わらず遠藤恒之助の行方を捜し求めている最中だが、善吉が朝っぱらから、旦那、白金村へ行きましょう、といいだしたのだ。

そして惣三郎たちは今、白金村へとつながる四ノ橋《しのはし》を渡り終えたところだった。

「でも重兵衛さんの仇討が成就《じょうじゅ》しないうちは、ずっといるんですよね」

惣三郎は目を光らせた。

「なんだ、おめえ、成就しねえほうがいいってえ口ぶりだな」

「いえ、そんなことはないんですが」

「とぼけなくたっていい。俺だって、その気持ちはわからねえでもねえんだ。もし重兵衛が帰っちまったら、江戸もつまらなくなるもんなあ」

「なんだ、旦那も同じ気持ちだったんですねえ」

「でも、重兵衛の無念もわかるからな。どっちがいいのかなあ。仇討がうまくいって、しかもあいつが残るってなことになんねえもんかな」

「あっしはお以知さんがずっといてくれたら、ほかに望むものはないです」

「重兵衛もお以知も残る。そんなふうになったら一番ってえことだよな」

「吉乃さんがこのまま村にずっといてくれたら、お以知さんも残るんですよね」

「主従だからそういうことになるだろうな」

「重兵衛さん、村で吉乃さんを嫁に、なんてことはないんですかね」

「でも重兵衛はどうも吉乃にはあまり興味がねえみてえだな」

「興味があるのは、あの、おそのって娘ですか」

「ああ。どうもそっちに惚れてる感じがするよな」

惣三郎はあたりを見まわした。

穏やかな太陽の下、百姓衆が仕事に精をだしている。いつものごとく、遊山《ゆさん》の者たちも大勢繰りだしている。町人が多いが、勤番《きんばん》らしい侍の姿も散見できる。

「おい善吉、腹はどうだ」

「別にくだしたりはしてないですよ。痛くもないです」

「減ってねえかってきいてんだ」

善吉が腹を押さえる。

「いわれてみれば、すいてますね。朝飯はちゃんとすませてきたんですけど」

「俺も食ったが、なぜか腹ぺこなんだ。どうもこの村に来ると、腹の虫が鳴くよな」

「蕎麦《そば》が食べたいんじゃないですか」

「そうだ、西田屋《にしだや》があったな」

「例の浅草《あさくさ》から移ってきたっていう蕎麦屋ですね」

「うめえぞ。よし善吉、行くぞ」

「でもやってますかね。まだ四つ前ですよ」

「心配《しんぺえ》すんな。浅草の頃には五つに店をあけてたよ」

惣三郎は勇んで足をはやめた。

西田屋の蕎麦はやはり抜群だった。

「やっぱりうめえなあ、ここの蕎麦切りは」

惣三郎は代を払う際、心の底から店主にいった。

「ありがとうございます。河上の旦那にいらしていただけて、あっしも本当にうれしいですよ」

「この村に住むのが子供の頃からの望みだったらしいな。景色がいいのはわかるが、それだけじゃねえんだろ」

「ええ。景色に心惹かれたのはまちがいないですが、それよりも人ですかね。あたたかな人がとにかくそろってますよ」

「俺も隠居したら住むかな」

「是非そうなされませ。あっしも河上の旦那がそばにいらっしゃるとなれば、打ち甲斐があるというものですよ」

「涙が出るほどうれしい言葉だな。俺はあんまりそういうこと、いわれねえからな」

また来るよ、と惣三郎は暖簾を払おうとしたが足をとめ、振り向いた。

「親父、最近こんなやつが来なかったか」

遠藤恒之助の特徴を詳しく語った。

「頬に傷のある男ですか。ええ、ございますね」

店主はあっさりといった。

「なに、まちがいねえか」

「はい、今いわれた特徴をほぼ備えているといっていい浪人さんでしたが」

「来たのはいつのことだ」

惣三郎は勢いこんだ。

「十日ほど前でしょうか。確か八つすぎにふらりと入ってきましたね」

「それから姿を見せてねえのか」

「はい、それきりですが、でもまた来るようなことは口にしていましたね」

「旦那……」

「ああ、わかってる」

惣三郎は善吉と目配せをかわした。

「親父、その男だが、浅草の店に来たことがあったのか」

「どうでしたでしょうか。あの頃はとにかく忙しくて、あっしはなかにこもりっきりでしたから、お客さんの顔はほとんど覚えてないんですよ。河上の旦那のようなお馴染《なじ》みさんは忘れるわけがないんですが」

「そうか、わかった。その男がまた来たら、必ず知らせてくれ」

「承知いたしました」

「じゃあな。また寄らせてもらう」

ありがとうございました、との声に送られて惣三郎は暖簾を払った。

「どうします、旦那。張りこみますか」

「今日だけでもやってみる価値はあるな」

道を歩きだした惣三郎は、西田屋を振り返った。

「最後に来たのが十日前なら、そろそろあの蕎麦切りが食いたくなっても不思議じゃねえよな。どのみちいくら捜しても見つからねえんだ、こういうところで網を張ってみるのも一興だろう」

「では、旦那からお願いします」

「どういう意味だ」

「張りこみの順番ですよ。旦那から張りこみをお願いします、って頼んでるんです」

「おめえはそのあいだ、お以知のところか」

「もちろんです」

「ふざけんな、この馬鹿」

惣三郎はげんこつをくれた。痛《い》てて。額を押さえて善吉が座りこむ。

「仕事で来たんだよ。おめえのために来たわけじゃねえや。おめえが先だ。ほれ、そこの神社の茂みがいいだろう。そこで俺が来るまで見張ってろ」

「旦那はそのあいだなにしてるんです。重兵衛さんのところですか」

「いや、あいつも忙しそうだからな、白金堂には行かん」

善吉がはっと気づく。

「団子屋ですね。ここからすぐじゃないですか」

「ば、馬鹿、蕎麦切りを食ったばっかりで団子が入るわけねえだろうが」

「確かあそこの団子屋、酒もだしてましたよね。団子じゃなくてそっちのほうでしょうが」

ずばりいわれて惣三郎はうろたえかけた。

「旦那が交代で来たとき、もし酒の匂いをさせてたら、あっしは許しませんよ。ご隠居に必ず申しあげますからね」

「それだけはやめてくれ」

蚊の羽ばたきより小さな声で惣三郎はいった。

「一緒に見張るよ。酒が飲めねえんだったら、一人になる意味がねえ」

二人は茂みに身をひそめ、夕暮れどきまでじっと待った。日が傾くと同時に風がぐっと冷たくなり、気温も急激に下がってきた。

遠藤恒之助は姿を見せなかった。

「くたびれ損か」

惣三郎はつぶやいた。

「もう来ませんかね」

「おそらくな」

「旦那、それにしても腹が減りましたね。さっきから腹の虫がうるさくてなりませんよ」

「また蕎麦切り、食うか」

「それはご勘弁を。できたら団子のほうがいいです」

「まだやってるかな」

「あの店は、人がいる限りは閉めないはずですよ」

「じゃあ、行くか」

二人は茂みを出て、歩きだした。

遊山の者もかなり減っており、村は昼間のにぎわいが嘘のように閑散としはじめている。

目当ての団子屋が見えてきた。茶店のようなつくりで、幟《のぼり》がゆったりと風に吹かれている。

「ああ、灯りがついてますね。よかった、まだやってますよ」

「でも急がなきゃな。こんなに人が少なくなったら、じき店じまいだろう」

二人は足をはやめた。

あと五間ほどに迫ったとき、ふらりと長身でやせた男が店を出てきた。着流し姿の浪人で、両刀を差してはいるが、串をくわえた横顔はいかにも気楽そうだ。浪人は灯りの届かない暗がりをこちらに進んでくる。

惣三郎はすれちがいざま、男の顔を見た。

どきりとした。遠藤恒之助に見えたからだ。目だけ送り、さりげなく見直した。

まちがいなかった。

遠藤は、惣三郎が黒羽織を着ていることに気づいたようだが、顔色一つ変えずにゆったりとした歩調で進んでゆく。

すれちがって二間は離れたと思えたとき、惣三郎は振り向いた。ぎょっとした。遠藤がこちらを見て、笑っていたからだ。

「どうかしたんですか」

かたまっている惣三郎に善吉が問う。

「遠藤だ」

かすれ声でいう。

「えっ、なんです」

「遠藤恒之助だ。見ろっ」

善吉が首をまわす。一瞬の間を置いて、わっとのけぞった。

遠藤が口から串を飛ばした。それが当たる気がして惣三郎は思わず身を低くしたが、串は遠藤の足元に落ちていた。

「相変わらずだな。そんなんだから、町方はなめられるんだよ」

遠藤が体をひるがえした。この前と同じく悠々とした足取りで歩いてゆく。

「旦那、どうします」

「どうするもこうするもあるか。俺たちだけでやれる相手じゃねえぞ。そうだ、重兵衛だ。重兵衛を呼ぼう」

「じゃあ、あっしが」

待て。駆けだそうとする善吉を惣三郎はとめた。

「おめえはあいつの跡をつけて、行き先を突きとめろ」

「いやですよ。殺されちまいます」

「殺されやしねえよ。この前だって一人の死人も出てねえじゃねえか」

「それでもいやです。あっしが重兵衛さんを呼んできます」

「――おい」

いきなり間近から声がした。ほんの二尺ほどのところに遠藤が立っていた。

あまりの驚きに惣三郎はひっくり返りそうになった。善吉は尻餅をついたようにへたりこんでいる。

「興津重兵衛を呼ぶのは勝手だが、まだ残念ながらときが満ちてはおらぬのだ。興津もそのことはわかっておるのだろうが」

「なにがいいたい」

惣三郎は必死に心を励まして、きいた。

「だから、興津を呼んできても無駄ということだよ。――じゃあな」

ぽんと肩を叩かれ、惣三郎は腰がしびれた気がした。足ががくがく震えている。

惣三郎は、濃くなってきた夕闇のなかゆっくりと遠ざかる背中を見つめながら思った。

重兵衛の野郎はあんな化け物とやり合うつもりでいるのか。

やがて遠藤の姿は、黒い幕がおりたかのように道の向こうに消えた。

惣三郎はようやくふつうに息ができるようになった。それでもまだだいぶ荒い。

「おい善吉、いつまでも座りこんでんじゃねえよ。さっさと起きろ」

善吉が手を伸ばしてくる。

「しょうがねえな。腰が抜けちまったか」

ほら起きろ、と惣三郎は引っぱった。

その足で白金堂に向かう。

重兵衛はちょうど剣術の稽古から戻ってきたところだった。

座敷にあげられた惣三郎は即座に遠藤の言葉を伝えた。

「まだときが満ちておらぬ、遠藤恒之助はそういったのですね」

一度目を閉じた重兵衛はそこに遠藤の姿を見ているかのように虚空《こくう》を見つめた。

分厚い鎧でも身にまとったかのように重兵衛の体が一気にふくれあがるのを、惣三郎は確かに見た。

そして、天井でもおりてきたように座敷の空気が急激に重くなった。

惣三郎は、重兵衛が得体の知れない獣にでもなり、人とは思えない異様な気を発しているような気がした。

惣三郎の背筋に冷たいものが走り、肩が知らず震えだしている。

一緒にいる善吉もお以知も息を飲み、声を失っている。

吉乃だけはさすがで、背筋をぴんと伸ばし、目をそらすことなく重兵衛をじっと見ていた。

人を殺すというのは、これだけの覚悟を必要とするのだ。そして、本物の武家というのはこんなにもすさまじいものなのだ。

惣三郎は重兵衛を凝視して、思った。

こいつも化け物だ、と。

九

翌日、重兵衛が角右衛門の家に行くと、庭に見慣れない女がいてぼんやりと空を見あげていた。

ふっくらとした顔は色白で、体も丸みを帯びている。黒々とした瞳を持つ目は大きく、さほど鼻は高くはないが、決して団子っ鼻ではない。口はやや大ぶりで、上下の唇ともにぽってりとしている。いかにも男好きのする女、という感じだ。

枝折戸越しに重兵衛が挨拶しようとすると、女が明るい声をあげた。

「ああ、あなたが重兵衛さんね。話はきいてるわ」

人なつこいというより、むしろなれなれしさを重兵衛は覚えた。

「へえ、なるほど、いい男ね」

女は重兵衛を値踏みする目だ。

「予期していた以上だわ……」

潤んだような瞳で枝折戸を抜け、道に出てきた。そろそろと内股ですり寄ってくる。腕を取ろうとしたので、重兵衛は一歩下がっていけませんとばかりに首を振った。

「堅物《かたぶつ》なのね」

艶っぽい吐息とともに言葉を口にする。

声をききつけたらしく、腰高障子をひらいた角右衛門が庭に出てきた。

「おう重兵衛、来たか」

鷹揚《おうよう》に笑ってみせる。

「また悪い癖、だそうとしているな。すまんな、重兵衛、これが噂の女房だ」

そうではないか、と思っていたから驚きはなかったが、角右衛門の女房にしては相当若い。十以上は離れているように感じられる。しかも六人の子供を産んでいるのに、女房自身、かなりの若さを保っている。

「重兵衛さん、よろしくね。私は梅《うめ》。木の梅よ。名がこんなのだから、六人も産んじゃったのよ」

ほほほ、と口に手を当てて笑う。それから体をくねらすように辞儀をした。

「まあ、そういうことだ」

角右衛門が苦笑しながらいい、よしさっそく行くか、と重兵衛に声をかけてきた。

いつもの寺に着き、重兵衛は木刀を手にした。体をほぐすために素振りを繰り返す。汗ばみ、体がやわらかくなってきた。

「お師匠、お梅さんはいつ戻ってこられたのです」

「昨日だ。おぬしが帰ってしばらくしたあと、庭に人の気配がしたんで、もしやと思って出てみたら、申しわけなさそうに立っていた」

角右衛門は穏やかな目をしている。

「一晩寝たら、申しわけなさなどきれいさっぱり消えていたがな。それにしても三月ぶりに顔を見たが、あの女、歳を取らんぞ。いつも若くなって帰ってきやがる」

「お師匠、うれしそうですね」

「まあ、惚れてるからな。どうせまたしばらくのあいだだろうが、一緒にいてくれるだけでありがたい。子供たちも喜んでいるし」

角右衛門がきょろきょろとまわりを見渡した。

境内は重兵衛たち以外誰もおらず、閑散としている。

角右衛門は、それでも他聞をはばかるように耳打ちしてきた。

「あの女、またはらんでやがるんだ」

「えっ、そうなのですか」

お梅のふっくらとした体つきが重兵衛の脳裏に浮かんできた。

「ああ、本人はそうといっておらぬが、わしの目に狂いはない。それにしても、今度のはまちがいなくわしの種ではないぞ」

いつもは男に捨てられては赤子を連れて戻ってきていたという。

「男のほうで赤子が邪魔になったという事情もあるんだろうけどな。とにかく、今回はこっちで産むことになるだろう。その間は少なくとも家にいてくれよう」

「しかし七人目ですか」

角右衛門は快活に笑った。

「六人も七人もたいしたちがいはあるまい」

その後、稽古が行われた。

「ふむ、さらに踏みこみがよくなったな。これならあと一歩でここまで来られるぞ」

稽古の終わりを宣した角右衛門が拳でどんと胸を叩く。

「どうだ、重兵衛。たまには飯でも食っていかぬか。お梅はああ見えて、けっこう包丁が達者なのだ。わしや子供たちがつくっていたときは、とてもではないが誘えなかった。どうだ」

重兵衛に否《いな》やはなかった。

六畳間に夫婦と六人の子供が集まっている。そこに体の大きな重兵衛が入ったものだから、座敷がかなりせまく感じられた。

子供たちの顔はいつもよりはるかに明るい。母親がそばにいるという喜びにあふれている。

「さあさ、重兵衛さん、たいしたものはありませんけど、遠慮なく召しあがってくださいね」

膳の上にのっているのは、鯖《さば》の塩焼きと大根の漬物、豆腐の味噌汁だ。湯気をあげている炊き立てのご飯はふっくらとしていかにもうまそうだ。

いただきます。子供たちがいっせいに箸を取った。

角右衛門も飯をほおばりはじめた。

「重兵衛、遠慮はいらぬといっただろ。はやく食え」

重兵衛は茶碗を手にした。子供たちを見習うように飯をかきこむ。鯖に箸をのばす。脂ののった身には甘みとこくが感じられ、抜群に美味だ。味噌汁もだしがしっかりとられていて、いい味をしている。大根の浅漬けも塩加減が絶妙で、実にうまい。

お梅にすすめられるままに重兵衛は三杯もおかわりした。

「どうだ重兵衛、満足したか」

「はい、とてもおいしかったです。食べすぎて、村まで帰れるか心配です」

「わしも久しぶりに腹一杯食べた気がするよ。子供たちもそうだろう」

子供たちはわいわい騒ぎながらあと片づけを手伝っている。

「はい、どうぞ」

お梅が茶を持ってきてくれた。重兵衛はありがたく湯飲みを受け取った。

台所に戻るのかと思ったら、お梅はぺたりと座りこんだ。

「あー、やっぱり我が家はいいわあ」

実感のこもった声でいう。

「だったらずっといればよいではないか」

「たまに帰ってくるから、ありがたさがわかるんですよ。さっきも空を眺めてたら、これが江戸の空よね、ってなにか涙が出そうになっちゃった……」

お梅が重兵衛を見る。

「重兵衛さん、お酒は」

「いえ、駄目です。一滴も飲めません」

「じゃあ、この人と同じか……」

お梅が思いだすような瞳をした。

「昔はこの人もけっこう飲めたんですけどねえ。仕事上のおつき合いもあったりして」

「仕事上のですか」

「こら、いらぬことを申すな」

「いいじゃないですか、もう昔の話なんですし。重兵衛さん、この人、昔はれっきとした家中の士《さむらい》だったんですよ」

重兵衛は角右衛門を見つめた。

仕方ないな、という顔で角右衛門は認めた。

「そう、おぬしと同じさ。あるじ持ちだったんだ」

「あら、重兵衛さんもそうだったの」

「ええ、まあ」

「しかし重兵衛の場合は、だった、とはまだいえぬか」

「どういうこと」

「それは、いくら我が女房といえども教えられぬな。重兵衛にきいても無駄だぞ。重兵衛だってしゃべらぬ」

「じゃあ、ききません。でもその代わり、なぜあなたが致仕《ちし》する羽目になったのか、それを重兵衛さんにお話ししますからね」

「馬鹿、よせ」

角右衛門が真剣な顔でとめる。

「いいじゃありませんか。あなたと私がこうして一緒になるきっかけになった一件なんですから、照れずとも」

「照れてなどおらぬ。おい重兵衛、その話はまたいずれだ。わかったな」

「はい、わかりました」

重兵衛は茶を飲み干した。

「では、これにて失礼いたします。お二人と話ができて、とても楽しかったです。お梅さん、本当においしかったです。ごちそうさまでした」

日ごとに角右衛門の釣り竿ははやさと鋭さを増していったが、重兵衛の進歩もそれに劣らなかった。

ある日、白金村の林で一人工夫していた重兵衛は、ついに遠藤を打ち破る技を会得《えとく》したという確信を得た。

さっそくその剣を角右衛門の前で披露した。

「なんだ、妙な構えをするではないか」

「それがしが考え抜いた工夫です」

「よし、見せてみろ」

重兵衛は地を蹴った。

懐に飛びこまれ、木刀を首に突きつけられた角右衛門は驚愕した。

「いつからこの工夫を考えていたのだ」

重兵衛は吉乃との立ち合いのことを話し、角右衛門との稽古からも着想を得たことを語った。

「そうか、そういうことか」

角右衛門はうなり声をあげた。

「それにしても重兵衛、そういう手があったのだな。これなら、きっと遠藤の妖剣を打ち破れよう。しかしな重兵衛、今の剣をつかえるのはただの一度きりだぞ。いいか、必ず一撃で仕留めろ」


雷に打たれたようになにか強烈なものが背筋を走り抜けていった。

恒之助はがばっと起きあがった。横でお麻衣が目を丸くしている。

「どうかされましたか」

「興津重兵衛だ」

「えっ、あの男がなにか」

「ついにときが満ちたんだよ、お麻衣」

恒之助は布団の上にあぐらをかいた。

「そうか、ついに完成したか」

拳でどすんと布団を叩く。

恒之助はうれしくてならない。血がわき立っている感じがして、額や頬のあたりがほてってきた。

おそらく長坂角右衛門のもとにいるはずの興津の喜びが、大気を駆け抜けてじかに体に伝わってきている。

血より濃いなにかが、興津と自分とを明らかに結びつけている。

あまりのうれしさに震えだしそうだ。いや、実際に手はぶるぶる震えていて、力を入れても抑えることができない。

「そうか、ついにできたか」

また布団を叩く。子供のようにうしろ向きに倒れ、寝っ転がった。

「あの恒之助さま、なにができたんです」

「剣だよ。やつの剣が完成したのだ」

「それで喜んでおられるのですか」

「そうだよ、お麻衣。これ以上の喜びはないではないか」

恒之助は胸が高鳴るのを覚えた。

——これでやつを殺れる。

第四章

一

やつはいつあらわれるのか。

重兵衛の頭のなかはそのことで一杯だ。遠藤は、重兵衛の剣が完成したことをまちがいなく知っている。

機が熟した以上、今その茂みを破って遠藤が姿をあらわしたところで不思議はない。

やつは、俺がこの林を稽古場にしていることも知っているはずなのだ。

ときは八つすぎか。そろそろ角右衛門のもとに行かなければならない。

重兵衛は肩から力を抜き、苦笑した。

いや、もう行く必要はないのだ。重兵衛としては通いたかったが、角右衛門が、もうよかろう、と告げたのだ。

「そこまでできていれば、あとはおのれで完璧《かんぺき》なものにしあげろ。それで十分だ。俺の仕事はもう終わった」

角右衛門の言葉なら信頼できる。重兵衛は集中し、木刀を構えた。

遠藤恒之助の像が結ばれる前に、左側の藪がごそっと音を立てた。

重兵衛は獲物のにおいを嗅ぎつけた犬のように、そちらへ顔を向けた。

姿を見せたのはおそのだった。

汗をいっぱいにかいている。顔にただならぬ気配がある。

「どうかしたのか」

重兵衛は木刀を下げた。

「あの、うさ吉がどこかへ行ってしまったんです。もしかしたら重兵衛さんのところかもしれないと思って……」

「いや、ここしばらくうさ吉には会ってないな。ほかに心当たりはないのか」

「うさ吉が好きな場所は、だいたい当たってみたつもりです。白金堂にも行ってみましたが……」

残念そうに首を振る。

「いつからいなくなった」

「昨日の夕方、餌《えさ》をあげたときにはちゃんといました」

「縄は」

「いやがるんですけど、夜のあいだはしっかりとつけていました」

「その縄はどうなっていた」

「取れてしまっていました。杭のほうに結び目が残ったままでした」

「刃物で切られたような跡は」

「なかったように思いましたけど……」

おそのがこわごわと重兵衛を見る。

「誰かに連れ去られたと考えていらっしゃるんですか」

「いや、そういうわけではない。よし、俺も力を貸そう」

重兵衛は木刀を欅に立てかけた。

「見つかったら、おそのさんの家に連れてゆけばよいな」

「はい、よろしくお願いします」

「うさ吉は村の外に出るようなことはあったのか」

「いえ、あれでけっこう臆病なんです。知っている人のいないところに、行くようなことはほとんどなかったんですけど」

林を出た重兵衛はそこでおそのとわかれ、うさ吉を捜しはじめた。

いやな予感が兆《きざ》している。

遠藤恒之助が関係しているのではないか。

だがしかし……。遠藤が関与しているとして、なぜうさ吉なのか。

関係ないな、と重兵衛は思うことにした。いくらなんでも考えすぎだ。

うさ吉がどういうところへ行きたがるのかさっぱりわからないが、重兵衛はまず村のなかを捜した。

何人もの手習子に会った。みんな、同じように捜していた。お美代、吉五郎、松之介たちも一所懸命だ。

ただ、一人としてうさ吉を見つけた者はいなかった。

重兵衛は当てもなく捜し続けた。これは村にはいないなと判断し、四ノ橋のほうへ足を向けた。

新堀川沿いの道を足早に行くと、黒羽織を着た人物が歩いてくるのが見えた。

「これは河上さん、善吉さん」

「なんだ重兵衛、どうした、そんなに汗をかいて」

惣三郎がはっとした顔をする。

「またあらわれやがったのか」

重兵衛は事情を説明した。

「あの馬鹿犬がいなくなっただと。馬鹿だ馬鹿だと思っていたが、本当に馬鹿だったんだな」

「ちょっと旦那、いいすぎですよ」

善吉が咎める。

「旦那も馬鹿馬鹿いわれたら、いい気分はしないでしょう」

「俺はそんなこと、いわれたことあねえ」

「旦那が知らないだけですよ」

「なに。誰がいってんだ」

善吉が黙りこむ。

「また竹内か。あの野郎、本当に斬り殺してえな」

「河上さん、ところで今日は」

「いや、こいつがな、お以知の顔をどうしても見たいっていうんで来たんだ。この前、会えなかったからな」

惣三郎が善吉を見やる。

「この分じゃあ、今日も会えねえな」

「じゃあ旦那、もしかしてうさ吉捜しを手伝うんですか」

「もしかして、は余計だ。ああ、そのつもりだ。いやか」

「いえ、そんなことありませんよ」

惣三郎がまじめな顔に戻った。

「おい重兵衛、まさかとは思うが……」

「ええ、手前もさすがに関係ないとは思っているのですが……」

「まあ、そうだな。遠藤恒之助があの馬鹿犬に手をだす意味がわからねえ」

惣三郎が納得したようにうなずく。

「重兵衛、おめえ、どこに行こうとしてたんだ」

重兵衛は語った。

「そうか、村にはいそうもねえのか」

不意に眉を曇らせ、惣三郎がむずかしい顔をした。

「重兵衛、犬狩りの噂を耳にしたこと、ねえか」

「犬狩りですか」

「知らねえか。あれはけっこう毛並みのいい柴犬だよな。いい柴犬をほしがる者はかなりいやがんだ。特に金持ちだが」

「では、金目当てでうさ吉は」

「十分に考えられるな。それとな、これはちょっといいにくいんだが……」

惣三郎が珍しく言葉を濁した。

「まさか旦那」

善吉が顔色を変える。

「ああ、そのまさかじゃねえかと思うんだ」

重兵衛は黙って待った。

「犬好きってのが、これまたけっこう多いんだ。犬をかわいがる連中のことじゃねえぞ。肉を好んで食べる者どものことだ。精がつくんだとよ。なにしろ、料理の仕方が出てる書物まであるくれえだからな」

その言葉をきいて、重兵衛は暗澹《あんたん》とした。

二

「ねえ、おねえちゃん」

おそのは見知らぬ子供に声をかけられた。男の子で十になったかどうかくらいだ。洗ったことがほとんどなさそうな垢《あか》で汚れた顔をし、泥で染められたかのような粗末な着物をまとっている。

「犬を捜してるんでしょ」

村の子供ではない。これまで一度も見たことのない顔だ。

「どうして知ってるの」

なぜか警戒心のほうが先に立った。

「白金村の人からきいたの。うさ吉でしょ」

「ええ、そうよ」

今度は期待で胸が高鳴った。

「どこにいるか知ってるの」

「ううん、知らないけど、おじさんが見つけたから、呼んできてくれっていわれたんだ。

一緒に来てくれない」

「おじさんて、誰」

「おいらも知らないんだよ。頼まれただけだから」

男の子は駆けだそうとして、立ちどまった。

「ねえ、どうするの。来るの、来ないの」

「いいわ、行くわ」

おそのは、男の子のあとをついていった。

男の子の足ははやい。おそのはおくれがちになる。

「ねえ、あなた、なんていう名なの」

男の子は無愛想に、えいのすけ、と答えた。どんな字を当てるのか問うと、ぶっきらぼうに教えた。

永之助《えいのすけ》は白金村を出て、南に向かった。

「ねえ、どこまで行くの」

「あと少しだよ」

いいようのない不安が胸を占めている。まだほんの小さなものにすぎないが、いずれ入道雲のように成長するかもしれないことをおそのはさとっている。

それでも足をとめることはできない。一町行くごとに、うさ吉が見つかるのではという期待と、とんでもないことが起きるのではという気がかりが心のなかで交錯する。

「ねえ、そのおじさんてどんな人」

永之助のやせた背中に声をかける。

「背が高くて、肩が骨張ってる」

「顔は」

「顔はねえ、頰が崖みたいに切り立ってる感じかな」

「目はどんななの」

「細いね、すごく。でもとても鋭い。こちらの気持ちを見抜くような目だよ。見てると、吸いこまれそうで怖いくらい」

おそのは永之助の口にした男の顔を思い浮かべたが、そんな男にはこれまで一度も会ったことがない。

「いや嘘、嘘。そんなに怖くはないよ。どっちかというと、やさしい感じだね」

「名は」

「知らない」

「きかなかったの」

「きいたけど、小さな声でぼそぼそいわれてきき取れなかったんだ」

おそのはそのあともその男についてたずね続けた。

浪人ふう。歳は二十五くらい。身なりはそんなに悪くない。

「どこで待ってるの」

「もうじき」

道はもう下目黒村《しもめぐろむら》に入っている。遊山の人が多く目につく。目黒不動《めぐろふどう》、鳥明神《とりみょうじん》、金比羅権現《こんぴらごんげん》の三つにお参りに来ている人たちだ。おそのも目黒不動には何度か足を運んだことがある。

歩きはじめてもう半刻近くになる。こんなに歩いたのは久しぶりで、足の裏が痛く、ふくらはぎがだるくてならない。

金比羅権現に通ずる道をすぎると、遊山の人たちが嘘のようにいなくなった。あたりは畑ばかりに変わっている。ときおり百姓家が散見できる程度で、あとは林や茂みなどの緑ばかりが目に飛びこんでくる。

さらに進むと、百姓家さえも見えなくなった。畑も消え、あたりは迫ってくるような林ばかりだ。

不安が津波のように盛りあがり、このまま一緒に行ってはいけないとの思いがおそのの胸のうちでふくらんだ。

「ねえ、私、帰るわ」

えっ、と男の子が振り返る。

「でも、あそこだよ」

男の子が腕を伸ばす。

そこだけ意外なほどきれいな手のひらが指しているほうには、こんもりとした林が広がっている。高い木ばかりが集まっており、ほかの林を見おろしているような感じがある。

「あの林なの」

「そう」

「でも、なぜあんなところで待ってるの」

「なんでも犬狩りに遭ったところを、あそこで助けたみたいなんだよ」

「犬狩りですって」

「犬の肉が好きな人、多いからね」

「その人、うさ吉を助けてくれたの」

「そうみたいだよ」

「なんだ。それをはやくいってくれないと」

「ごめん」

永之助は枯れ草が覆い隠そうとしている獣道を進んでゆく。

深い森のように日はほとんど射さず、林のなかは冬の冷気がどっしりとあぐらをかいている。ここまで歩いてきて汗ばんだ体には、かなりこたえる。

やがて木々が途切れ、そこには草原が広がっていた。明るい日が射しこみ、あたたかさが満ちている。

犬の声がした。

耳を澄ます。またきこえた。まちがいない。うさ吉の声だ。呼んでいる。

おそのは永之助を追い越し、草原に走り出た。うさ吉を呼ぶ。

「ここだ」

大木の陰からふらりと男が出てきた。腕にうさ吉を抱いているのが一目でわかった。

おそのは駆け寄った。

みはった目を伏せる。男の頰には大きな傷跡があった。

「もう慣れっこだ、そんなすまなそうな顔をする必要はないぜ」

男の声は意外に高い。

「ありがとうございました」

おそのは頭を下げた。

「なんのことだ」

「犬狩りからその子を助けてくださったとおききしました」

「ああ、そんなのは気にすることはない。俺が昨夜、この犬をさらったんだから」

おそのは声を失った。

「どうしてそんなことを」

かろうじて喉の奥からしぼりだす。

「あんたが必要だったんだよ」

男がにやりと笑う。

「あんたを、興津重兵衛をおびき寄せる餌にしようと思ってさ」

永之助がおそのの脇をすり抜け、男に近づいた。

「ねえ、はやく残りをちょうだい」

狡猾《こうかつ》そうな顔でせがむ。

「ここまで連れてくるの、けっこうたいへんだったんだよ。帰る、帰るってちっちゃい子みたいに駄々こねやがってさ」

「ほら、手をだしな」

男は永之助の手のひらに一分金を落とした。

「あれ、約束より多いよ」

「手間がかかったんだろう。その分、割り増しだ」

「ありがとう、助かるよ。またなにかあったら声かけて。約束だよ」

喜色を満面にたたえた永之助は今にも駆けだしそうだ。

「おいおい、まだ終わっちゃいないぞ」

「わかってるよ。明日の夜明けだよね。まかせといて」

「おい、それからこれもわかっているだろうが、このことは誰にも話すんじゃないぞ」

「まかせといて。誰かに話したって、一文にもならないからね」

ぺこりと頭を下げて、永之助は走りだしてゆく。

「あいつ、あの若さで掏摸《すり》なんだよ。なんでも、幼い弟、妹が四人もいるそうだ。この前、俺の懐を狙いやがったんだが、そのときつかえると思って、名と住みかをききだしておいたんだ。ふむ、やっぱり俺の見こみ通りだったな」

ぎろりと瞳を動かす。

「ところであんた……」

そのあと言葉を続けたが、おそのは恐怖で男がなにをいったのか理解できなかった。

男が不審げに見る。しょうがねえな、というように苦笑した。

「あんた、俺が誰だかわかっているのか」

おそのは首を振った。しかしその瞬間、ひらめくものがあった。

遠藤恒之助。重兵衛さんが追っている弟さんの仇。

「わかったようだな。なら、ここがどこかはどうだ」

「下目黒村の先の――」

「そんなことをきいてるんじゃない」

遠藤がさえぎる。

「ここはな、興津が忍びどもと死闘を繰り広げた場所だ。やつが葬った五人の魂が、今もやつを求めてさまよっている。やつが最期を迎える場としては、どうだ、最もふさわしいと思わぬか」

背筋に寒けが走ったのをおそのは感じた。

三

日暮れが近い。

重兵衛は西の空を見た。太陽はすでに雷神社の向こうに没しようとしている。

うさ吉は他の誰かが見つけただろうか。

必死に捜したが、やはり見つからなかった。行きかう人すべてに、うさ吉の特徴をだしてたずねたが、誰一人として知らなかった。

暮れ六つ近くになり、重兵衛は田左衛門の屋敷へ向かった。

途中、惣三郎と善吉に会った。

「おう、重兵衛、いたか」

重兵衛は首を振った。

「俺たちもだ。おい重兵衛、俺たちは帰るぞ。途中で悪いが」

「とんでもない。河上さんたちにまで捜していただき、本当に感謝しています」

「いや、まあ、おまえのためにも見つけたかったんだが」

「手前のためですか……」

「だって、おめえ、あの娘に惚れてるんだろ。俺たちが見つければ、おめえの手柄になったのによ」

重兵衛はどう答えようか困った。

「重兵衛、そんなに照れなくたっていいぜ。自分の気持ちに正直になったほうが人ってはのは楽なもんだ。おめえを見てると、いらいらしちまうときがあるんだよ。あまりに自分を殺しすぎてんじゃねえかと思ってさ」

惣三郎がにやりと笑い、右手をあげた。

「じゃあな、重兵衛。うさ吉が見つかることを祈ってるぜ」

手を振った惣三郎がきびすを返す。善吉がていねいに辞儀をし、続いた。

重兵衛は深々と腰を折って見送った。

歩きだした重兵衛は田左衛門の屋敷の門をくぐった。

屋敷内はざわついていた。

「ああ、重兵衛さん」

叫ぶようにいって田左衛門が駆け寄ってくる。薄闇のなかでも血相を変えているのがわかる。

「おそのを見ませんでしたか」

「八つ頃に会いました。それで手前もうさ吉を捜しはじめたのですが」

「そのとき、どこか心当たりがあるようなことを口にしてませんでしたか」

「いえ、心当たりはすべて捜し尽くしたようなことをいってましたが」

「そうですか……」

「今度はおそのさんの行方がわからなくなったのですか」

いいながら重兵衛の胸はきゅんと痛んだ。

「うさ吉も見つからないし、いったいどこへ行ってしまったのやら」

田左衛門の顔には心労のせいかやつれすら見られる。

うさ吉に続いておそのさんまで。

重兵衛の胸には、やはりやつが、との思いがずっしりと居座ろうとしている。

重兵衛は足を踏んばってその重みに耐えた。

「いや、重兵衛さん、ご面倒をおかけしました。ありがとうございました。おそのもきっとじきに戻ってくるでしょう」

田左衛門が自らを励ますようにいった。

重兵衛の心は申しわけなさで一杯になった。


いったん白金堂に戻った。

本当はおそのを捜したかったが、もしおそののかどわかしが遠藤の仕業なら、きっとやつからつなぎがあるはずだ。

走りだしたい衝動を無理に抑え、今、重兵衛は台所脇の部屋に腰をおろしている。

お以知が夕餉を用意してくれており、重兵衛は箸を取ったが、さすがに飯は一粒も喉を通らない。

やたらに喉が渇き、茶だけを飲み続けた。

「お嬢さまも私と一緒にうさ吉を捜していたのですよ」

お以知の言葉に重兵衛は吉乃を見た。

吉乃もあまり食欲がないようだ。箸を置いて、そっと口をひらいた。

「おそのちゃんがまだ帰らぬようですね」

言外にあるものを重兵衛は感じ取った。

「ああ、まずまちがいない」

「なにがでございますか」

お以知が不思議そうにいう。

そのとき誰かが訪ねてきた気配が伝わってきた。

お以知が出てゆこうとするのをとどめて、重兵衛は自ら庭のほうへまわった。

「ああ、重兵衛さん」

田左衛門のもとで働いている小作人の一人が声をかけてきた。

「まだ帰らないのですね」

「今、屋敷の者たち全員で捜しはじめています。村の人にも応援を頼もうということで、あっしたち、こうしてまわっているんです」

「わかりました、さっそく」

重兵衛は、次の家へ向かう男を見送って取って返した。吉乃たちに手ばやく話す。

「重兵衛さまも捜されるのですか」

吉乃は、遠藤恒之助の使いがここに来るのでは、といいたげだ。

重兵衛はゆっくりと首を振った。

「やつは俺がどこにいようときっと捜し当てるはずだ」

そのことを重兵衛は確信している。

四

吉乃とお以知に、決して一人にならないよう厳しくいってから、重兵衛は夜の帳《とばり》に足を踏み入れた。

その立ちはだかるような闇の深さと厚さに、重兵衛は圧倒される思いだった。

この闇のなか、おそのは助けを待っているにちがいない。

それにしても、まわりの者たちが次々に災厄に見舞われる。俺は疫病神《やくびょうがみ》なのか。俺の存在自体が皆を不幸におとしいれているのではないか。

いや、ちがう。これは俺が乗り越えなければならぬ壁なのだ。この壁の向こうに、きっと新たな未来が待っている。

重兵衛は腹に力を入れ直し、腰に差した刀をいとおしむようにさすった。あまりに頼りない感触だが、それでもないよりはましだ。

重兵衛は走りだした。

おそのを捜しながらも、遠藤からのつなぎを待ち続けた。

だが、遠藤の使いとおぼしき者があらわれることもなく、遠藤本人が姿を見せることもないままに夜明けを迎えてしまった。

煌々《こうこう》とした陽射しに体を染められながら、重兵衛は、どういうことだ、と呆然とする思いだった。

おそのがいなくなったのは、遠藤の仕業ではないのか。

いや、まちがいなくやつの仕業だ。やつ以外、誰がこんな真似をするというのか。

眠気はまったくない。空腹も感じていない。むしろ、頭は手負いの獣のように研ぎ澄まされている。

しかしどこへ行くべきか。あたりを行きかう村人たちにもさすがに疲労の色が濃く、足取りはひどく重い。重兵衛さん、見つかったかい。そうかけてくる声にも元気がない。こうして人が多くいるところにいても仕方がなかった。重兵衛は一人歩きだした。

どこへという当てはない。ただ、村からは出ようと漠然と考えていた。

足は自然に南へと向いている。なぜかはわからなかったが、こちらへ行くほうがいい気がしてならない。

重兵衛はなにも考えず、本能にまかせた。

道は三田村をすぎ、朱引外に出た。

ふと、朝日を浴びて男の子が道のまんなかに立っているのに気づいた。

重兵衛を見て、足を踏みだしてくる。この子が使いか、と重兵衛は直感した。

「重兵衛さんかい」

ぼろをまとい、顔は垢で真っ黒だ。

「そうだ」

男の子が小さく笑みを見せる。

「本当にこの道、来たね」

「遠藤がそういったのか」

「そう。ここで待ってろ、っていわれたんだ。必ずあらわれるから、って。……あの人から言伝《ことづて》を頼まれてるんだけど」

男の子が内容を話す。

重兵衛は目を閉じ、いわれた意味を反芻《はんすう》した。

「遠藤とおそのさんはあの林にいるんだな。おそのさんは生きているんだな」

男の子の顔に小ずるそうな表情が浮かんだ。

「詳しくは知らないんだよ。そう伝えるよう頼まれただけだから……」

「そうか、わかった」

遠藤がおそのを殺すはずがない。おとりは生かしておいてこそ鮎も釣りあげられるのだ。

重兵衛はあとも見ずに駆けだした。

歩けば半刻近くかかる道のりを四半刻もかからずに駆け抜けた。

さすがに息が荒いが、かまっている場合ではない。

重兵衛は風を切って林へ走りこんだ。どこに遠藤恒之助がいるかはわかっている。林のなかのあの草原だ。

あそこを選んだということは、まさか諏訪忍びどもがともにいるのだろうか。

それはなかろう、と即座に打ち消した。やつは単独で俺を殺したがっているのだから。

誰かの助けを借りてなどという、自らをつまらなくする真似はまずしまい。

重兵衛は草原に駆けこんだ。忍びどもとの死闘が脳裏をよぎってゆく。あのとき傷を負った左腕がうずいた気がした。

人っ子一人いない。冷たい風が吹き渡り、さわさわと草を騒がせてゆく。

「遠藤恒之助」

思いきり叫んだ。

「来たぞ。姿を見せろ」

草原のまんなかで、なにかが動いた。枯れ草のなかからぬっと伸びたのは人の頭だ。人影がゆっくりと起きあがる。

「よく来たな、興津重兵衛」

相変わらず甲高い声で遠藤がいう。薄い笑みを見せている。

「少しやつれたか」

「おそのさんはどこだ」

「会いたいか。この林のどこかにいる。もし俺を倒せたら、捜すことだ。安心しろ、殺してなどおらぬ。それは、きさまもわかっておるはずだが」

遠藤が舌なめずりする。

「それにしてもなかなか美味だったよ。きさまより先にいただいて、悪かったか」

遠藤がふっと笑う。

「三日も餌を抜かれた犬みたいな顔をするな。今にも食いつきそうだぞ」

重兵衛はこの男を必ずやあの世に送る決意をあらためてかためた。

「冗談だ。俺がきさまの女になにかするわけがなかろう」

重兵衛はにらみつけた。

「本当だ、信じろ。俺の望みはきさまの命だ。それ以外にはない」

じっと重兵衛を見つめていた遠藤がふっと息を抜く。

「なんでも剣を工夫したそうだな。今日、見せてもらえるのだろうな。本当に楽しみだぜ。俺がどれだけこのときを心待ちにしていたか、きさま、わかっておるのか」

重兵衛は腰を落とした。刀に手を落とし、深く呼吸をする。

重兵衛に、死に対する怖れがないわけではない。いくら厳しい稽古を積み重ね、技の研《けん》鑽《さん》に励んだとしても勝負はときの運なのだ。

しかし、俺はこいつを必ず殺す。そのために角右衛門の稽古に耐えてきたのだ。

「ほう、いい目だな、興津」

遠藤が嘆声を放つ。

「これまで見せたことのない光だ。いいぞ、興津。本物になったな。その目でこそ、人を殺せるというものだ。俺としても実にやりがいがあるぞ」

遠藤が刀を抜き、構えた。重兵衛の殺気をはねのけるかのように、遠藤の体に重々しい気が満ちてゆく。

遠藤の姿が一気にふくれあがり、五間以上の距離があるというのに重兵衛に覆いかぶさってくるように感じられた。

「いや、ちょっと待った」

遠藤が左手を突きだす。その拍子に骨が溶けでもしたかのように体が縮んでいった。間合をはずされた気分の重兵衛は、ただ見守るしかなかった。

五

遠藤がかがむ。重兵衛のほうに向き直ったときには、一本の刀を手にしていた。

「つかえ。きさまのために手に入れたのだ。丸腰のきさまを討っても、おもしろくないと思ってのことだったが」

目を重兵衛の腰に当てる。

「なんだ、その細っちい刀は。そんなので俺とやり合えると思っているのか。いや、無理なのは、はなからわかっているのだろうけどな。さあ、つかえ。きさまにふさわしい剛刀だ」

差しだしてくる。

「やはりそのために人を殺したのか」

「やはりだと。うれしいぞ、興津。わかってくれていたのか。きさまだけだろうな、意味がわかったのは」

重兵衛は、その人のためにも勝たなければならない、という決意をあらためて胸に刻みつけた。

遠藤を無視し、腰の刀を引き抜く。

「なんだよ、つかわぬのか」

遠藤は心の底から残念そうだ。

「まあ、いい。つかいたくさせてやる」

遠藤は重兵衛の横に刀を放り投げた。重い音を立てて、刀が草の上を転がる。

遠藤が刀を構える。再びその体が大きくなり、重苦しいものが霧雨のように重兵衛の体にまとわりつきはじめた。

「待った」

今度は重兵衛から声を放った。

「どうしておそのさんをさらった」

遠藤は今さらなにを、という顔だ。

「きさまを引き寄せる餌ではないか」

「そんな必要はなかっただろう。俺をここに呼びだせばすんだことだ」

「その通りだが、きさまには前科がある。それを防ぎたかったのだ」

「前科だと」

「あのちっぽけな稲荷の時だ。逃げだしただろうが。あの娘を人質に取っておけば、きさまは逃げだせぬ。ちがうか」

重兵衛の返事を待つように間をあける。

「ここまで待ってやった俺の期待を裏切るような真似はまさかしまいとは思うが。――それからな、きさまを殺したあとあの娘も殺してやる。だから安心しろ」

重兵衛は、ききちがえたのか、と思った。殺したあと逃がしてやる、ではないのか。

遠藤がにやりと笑う。

「一人で死ぬのは寂しいだろ。あの世で一緒になればいい、という俺なりの思いやりだ。

感謝しろよ、興津」

遠藤は、もういいか、という表情をした。

「行くぞっ」

いい放って駆けてきた。

あの妖剣の間合を無視するように重兵衛の間合に一気に突っこんできた。これまで見せたことのない鋭い足の運びだ。

刀が振りおろされ、嵐を思わせる猛烈な風がわき起こる。

重兵衛は飛びすさった。

「なんだ、よけやがったか」

刀身の陰から顔をのぞかせて遠藤が笑う。

「叩き折ってやろうと思ったのに」

遠藤が刀を正眼に移す。

「ほら興津、かかってこいよ。きさまの間合に入ってやってんだぜ」

重兵衛は唇を噛み締めた。静かに息を吐きだし、構えを八双に変えた。

地を蹴る。自らが風になったようにあっという間に遠藤恒之助が眼前に迫った。

刀を逆胴に振る。空を切った。そのまま逆袈裟に打ちおろす。

がきん、と刀が鳴り、不意に腕が軽くなった。見ると、刀が半分になっていた。

「ほら、興津。つかえよ」

遠藤が顎でかたわらに転がる刀を示す。

「その刀でやるといい張るなら俺はかまわぬが、まず勝負にはならぬな。それとも脇差にするか。いや、脇差ではなおさら勝負にはならぬぞ」

重兵衛は遠藤をじっと見た。

「大丈夫だ。きさまが手にするまで、俺は手をださぬ」

重兵衛はそれでも油断することなく、刀に近づいた。

鞘ごと手に取った。ずしりとした重みが伝わる。

「値はきいたか。二百両だぞ。これまでさわったことすらあるまい」

重兵衛は抜いた。ひそかに舌を巻く。これだけの業物《わざもの》はさわるどころか目にするのもはじめてだ。

「気に入ってくれたようだな」

だらりと刀を下げて、遠藤が歩み寄ってくる。

「しかし興津」

いかにもうれしそうにいう。

「腕をあげたな。今までなかった足さばきだ。ふむ、あの長坂とかいう男、よほど遣うと見た」

まさか、と重兵衛は思った。次の的に師匠を選ぶつもりなのか。

「それもいいな」

重兵衛の思いを読んで、遠藤が笑みを浮かべる。

顔は笑っているが、遠藤は本気だ。角右衛門がおくれを取るとは思わないが、ここで倒しておかぬとたいへんなことになるのはまちがいない。

「よし興津、やるか」

軽い口調でいい、重兵衛を草原のまんなかにいざなう。

重兵衛は遠藤と対峙した。大丈夫だ、殺れる、と自らにいいきかせる。こんな男に負けるはずがない。

距離は三間。これは遠藤にとっても長すぎる間合だ。

遠藤がじりじりと進んできた。枯れ草が踏みにじられて、獣道のようになってゆく。

距離は二間につまった。遠藤の間合だ。こちらの腕と刀を合わせても届くわけがないのに、遠藤から繰りだされる刀は瞬時に面や胴をとらえる。これまで何度も目にしているが、いまだに信じられない。

突っこむしかない。

重兵衛は腹を決め、かすかに剣尖《けんせん》を右に向けた。腰を落とす。

行こうとした瞬間、風を切る音をきいた。

本能が刀をあげさせる。猛烈な衝撃が腕を襲った。

がくんと体が縮んだが、重兵衛は遠藤の刀をなんとか弾き返した。

体勢を立て直し、もう一度突っこもうとした。だが遠藤の刀のほうがはやかった。

今度は胴を狙われた。叩き落としたが、そのときにはもう逆胴に刃が迫っていた。

打ち返す。袈裟斬りがすでに見舞われており、刀が肩に触れようとしていた。

重兵衛は身をひねることでかろうじてかわしたが、鋭い痛みを感じた。

着物が裂け、血がにじみだしている。ただし痛みを感じたのはその一瞬だけで、重兵衛は遠藤に目を戻した。

遠藤は動きをとめ、じっと見ている。

遠藤は稲荷のときより強くなっていた。技の切れが凄みを増した感じで、振り自体もかなりはやくなっている。

あの日からこれだけ成長したとなると、相当激しく厳しい修行を行ったのは確実だろう。

この日に備え、稽古を積み重ねていたのは自分だけではなかった。

しかも、自分のように師匠についてはいないはずだ。一人で刀を振り続け、ここまで強くなったのだ。

遠藤恒之助の執念を思い知らされた。

だが執念なら、と重兵衛は念じるように思った。負けるはずがない。

目の前の男に殺された者すべての執念を背負っているのだ。

松山市之進、俊次郎、斉藤源右衛門、そして山田平之丞。

木々の梢《こずえ》の薄いところを選ぶかのように朝日があがり、草原を照らしはじめた。

目が覚めるような明るさが満ち、遠藤の脇に濃い影ができた。風に吹かれた草が次々に辞儀をしてゆき、まわりの梢が歓声でもあげるかのように揺れ動く。

不意に風がやみ、草原には静けさがたたえられた。太陽にさあと雲がかかり、陽射しが途切れた。あたりは雨戸が閉められたような暗さとなり、遠藤恒之助の立ち姿が一本の影に見えている。

再び日が射しこんできた。

遠藤が足場をかため直している。刀が左側にわずかに持ちあげられた。

そこから石垣ですら突き破りそうな勢いで足を踏みだしてきた。突きに変化した刀が喉元を狙ってくる。

重兵衛は体をひらくことでかわした。

目の前にはがら空きの腹が見えている。どうして遠藤がいきなりこんな大技に出たのかわからなかったが、好機と見て重兵衛は迷うことなく胴へ刀を振った。

肉を切り裂く手応えはなかった。

同時に遠藤の姿もかき消えていた。

背後に剣気。重兵衛は、遠藤がうしろを取るためにわざと突きを繰りだしたのを理解した。魚のように身を投げることで視野から消えてみせたのだ。

刀が頭上に打ち落とされる。重兵衛は無惨に飛び散る自らの脳味噌を確かに見た気がした。

それでも体を低くし、さらに膝をよじった。刀は重兵衛の鼻先をかすめていった。

それだけで危機を回避できたわけではない。刀が生き物のように反転し、重兵衛の胸を狙ってきた。

重兵衛は刀を立て、受けとめようとした。しかし腕に衝撃は伝わらなかった。

遠藤の刀は重兵衛の刀を避け、すでに逆方向から振りおろされていた。

重兵衛はその動きに驚愕しながらも、体の向きを変えた。

またも刀が消え失せた。遠藤は再び重兵衛の背後にまわっていた。

背中を斬り割られることを直感した重兵衛はそちらに刀をまわし、斬撃に備えた。

今度は刀が猛烈な音をあげた。重兵衛自身、その打撃のあまりの強さによろけかけた。

なんとか足を踏んばり、体勢を戻そうとしたが、その前に右の脇腹めがけて刀がやってきていた。

重兵衛は柄《つか》で受けた。柄の頭が腹にめりこみ、息がつまった。

さらに遠藤は袈裟に打ってきた。重兵衛は弾きあげたが、遠藤が自分の間合などとうに無視して戦っているのがわかった。

あの妖剣をつかうことなく、倒そうとしている。自信を誇示するような戦いぶりだが、あるいはあの妖剣だけでは重兵衛を倒せないとの思いがあったのかもしれない。

とにかく、これならむしろ望むところだ。この間合での打ち合いなら、いくら遠藤が相手といえども引けを取ることはまずない。

重兵衛は攻勢に移ろうとした。

その思いを読んだように遠藤が足を引き、すっと距離を置いた。またも遠藤とのあいだは三間ほどに広がった。

「興津、しぶとさは相変わらずだな。うれしいよ」

息を入れ、こりをほぐすように両肩を上下させる。

「簡単に倒せる相手でないのはわかっていたが、予期した以上だ。こんなに手強くなってくれて、興津、涙が出るほどうれしいぞ。待った甲斐があったというものだ」

重兵衛も息をととのえていた。ちらりと自らが持つ刀身に目をやる。さすがに名刀だけあって、ほとんど刃こぼれしていない。

それにしてもこの刀をつかわずに遠藤恒之助の斬撃をまともに受けていたら、刀ごと両断されていただろう。

つまり、自分が地蔵割りを受けていたことになる。

「よし、息はもとに戻ったようだな。興津、行くぞ」

遠藤が軽く踏みだし、わずかに剣尖を動かしたのが見えただけだった。

風を切り裂いて刀が落ちてきた。あの妖剣だ。

重兵衛は刀で弾きあげた。すでに次の刀が胴に食らいつこうとしている。

重兵衛は叩き落とし、遠藤の懐を目指して駆けだした。

しかし、逆袈裟に鋭く振られた刀であっけなく出足は封じられた。これまでで最も強力では、とすら思わせる猛烈な打撃で、重兵衛は足に力を入れてその場にとどまるのが精一杯だった。

さらに刀が打ちおろされる。遠藤の腕のはやさがぐっと増し、重兵衛は受けることしかできなくなった。

これでは稲荷のときと同じだ。受けとめ続けているだけでぼろ切れのように疲弊し、いずれ強烈な一撃を受け損ねて命を落とす。

いったいなにをやっているのか。

自分に腹が立ってきた。角右衛門のもとに通い続けた意味がこれではないではないか。

しっかりしろっ。

自らを叱咤した。このままでは皆の無念を晴らすことなどできようはずもない。

あれだけの稽古をつけてくれた師匠にも、申しわけが立たない。

重兵衛はあらためて腹に力を入れ、刀に魂をこめた。遠藤の攻勢を受けつつも、こちらから切り返すだけの気迫と体力が満ちるのをじっと待つ。

冷静さを取り戻すにつれ、やがて遠藤の刀がはっきりと見えてくるようになった。これまで実戦の場ではなかったことだ。

そして、遠藤ののしかかるように大きかった体もやや小さく見えはじめた。そのために、今まではあがってしまっていた目が下を向くようになり、遠藤の足さばきまではっきりとつかめるようになった。

これなら、と重兵衛は思った。逆襲の機会をきっと持てるにちがいない。

遠藤は疲れも見せず、刀を打ちこみ続けている。

ただ、その顔にはわずかに焦りがあらわれているような気がしないでもない。

予期していた以上の重兵衛の成長ぶりに遠藤自身戸惑い、これまで一度たりとも味わったことのない恐怖をじっと嚙み締めているのかもしれない。

この男は、と見据えながら重兵衛は思った。これまで恐怖を相手に与えるだけで、自らが味わう側にまわったことはなかったはずだ。

福湖寺《ふっこじ》の別院で重兵衛と輔之進に囲まれかけたときですら、怖さは覚えなかったのではないか。

遠藤の刀がやや流れた。これを隙と見て、重兵衛は突っこむことはしなかった。

前もこれで罠にはめられたことがある。同じ手を食うつもりはない。

引っかからなかったか、という顔を遠藤がちらりとした。

この男は前につかったことを忘れている。

絶好機だ。遠藤は体よりも頭のほうが疲れてきている。

重兵衛は落ちてきた袈裟斬りを思いきり弾き返すや、体勢を低くした。遠藤の懐を目指し、突進した。

遠藤があわてたように体を引く。重兵衛はつけこもうとさらに足をはやめた。遠藤の動きは鈍く、足さばきもなめらかさを欠いている。

重兵衛は刀を思いきり突きだした。

やった、届くと思った瞬間、刀に貫かれるはずの遠藤の姿が消えた。

これも罠だったか。

重兵衛は死地におちいった自分を知った。背後にまわりこんだ遠藤が振りあげた刀を思いきり打ち落とす光景を、頭のなかではっきりと見た。

首を飛ばされる。

遠藤の狙いをさとった重兵衛は体をひねりつつ無理に刀を首のほうへ持っていった。

腕に衝撃が伝わり、次いで左肩に痛みがやってきた。自分の刀の峰が肩の骨を打ったようだ。

重兵衛はさっきの遠藤のように前に飛び、遠藤の間合を逃れようとした。

しかし、ここでとどめを刺すつもりでいるらしい遠藤は忍びのような身ごなしで追ってきた。

重兵衛は体をひるがえして立ちあがり、遠藤を迎え撃った。

激しく刀が鳴る。鍔迫り合いになった。

間近に遠藤の顔がある。こんなに近くで見るのははじめてだ。

赤黒いつやのない肌に、汗を一杯にかいている。

遠藤もじっと見つめてきた。白目が出血でもしたかのように真っ赤になっている。

「本当にしぶとい野郎だ……」

吐きだすようにいう。

「後悔しておるのではないか」

重兵衛は挑発した。

「刀のことか。悔いなどない。むしろ喜びがふくらんでおる。きさまを倒した瞬間のことを思えばな」

遠藤の腕がぐっとふくらんだ。重兵衛を押そうとしている。重兵衛は足腰に力をこめ、押し返した。

いきなり遠藤が体を右にずらし、鍔迫り合いを逃れた。

重兵衛はつっかえ棒をはずされたようにわずかに前のめりになった。

すかさず袈裟斬りがきた。

ばねでも仕込まれたようにすばやく反転した重兵衛は負けずに打ち返し、遠藤の懐に刀を突き入れた。

遠藤はよけ、重兵衛と距離を置いた。

重兵衛は今の自分の動きに驚いていた。体勢を崩されたのにあっという間に立て直し、攻撃に移ることができた。角右衛門との厳しい稽古のたまものだ。

重兵衛は剣尖の向こうにいる男を見つめた。

さすがに疲れが出ているのか、かすかだが姿勢が右に傾いている。今までの立ち姿とはかなり異なるものになっていた。

これも罠か。誘っているのか。

六

いや、ちがう。ここしかない。

重兵衛はついに腹を決めた。

地面を足の裏でつかむような勢いで前に飛びだした。なんの躊躇もなくまっすぐ突き進む。同時に脇差を抜き、左手で握った。

最後の力を振りしぼったように遠藤が打ち落としてくる刀を、まず脇差で受けた。左手で持つ脇差だけに、遠藤の強烈な斬撃に弾き飛ばされる怖れがあったが、力をこめてがっちりと握ってさえいればそう簡単に弾かれることはないだろう、との読みが重兵衛にはあった。

そして実際、その通りになった。

重兵衛は、鞭《むち》のようにしなって次々に襲いかかってくる刀を脇差と刀でことごとく受けとめ、前に進み続けた。

これまで、この妖剣を受け続けているとき、高々とした城壁の向こうにあるも同然だった遠藤の懐が眼前に迫ってきた。

遠藤は重兵衛の強さに目をみはっている。色を失った顔が真っ白になっていた。

重兵衛は刀を槍のように突きだした。殺れる、との確信を持った。その思いのせいで刀に余計な力が入ったかもしれない。

突きだした刀から鋭さがわずかに落ち、遠藤が振りあげた刀がぎりぎり間に合ったのだ。重兵衛の刀が上にぶれ、胸を貫くはずの切っ先が肩に入った。

着物と肉を切っ先がそぎ取る。血しぶきとともに遠藤が叫び声をあげ、のけぞった。

刀を引き戻した重兵衛はここぞとばかりに振りおろした。

袈裟に決まったはずだったが、遠藤もしぶとかった。身をひらき、見事にかわしきってみせたのだ。

重兵衛はかさにかかって攻め立てた。

今度は遠藤がことごとく受けた。左肩に浅くない傷を負っているというのに、しぶとさは重兵衛にまったく劣らない。

「おのれっ」

遠藤が怒声を発した。もはや刀法になっていない。やくざ者の出入りのように力まかせに刀を振りまわしている。

重兵衛はどうすれば仕留められるか、冷静に遠藤を見つめた。

出血はかなりひどい。このままなにもせず見守っているだけで、いずれ力尽きて倒れこむであろうことがわかる。

遠藤が血走った目を向けてきた。まともに勝負しようとしない重兵衛に明らかに苛立っている。

「くそっ、殺してやる」

しゃにむに突っこんできた。

重兵衛は八双に刀を構え、遠藤のがら空きの胴を打ち抜こうとした。

だが、遠藤はやってこなかった。いきなり右へ方向を転じると、草原を走りだしたのだ。林の外へ出ようとしている。

重兵衛はさすがに啞然《あぜん》とした。まさか逃げだすとは。

殺してやる、と叫んだのも計算のうちかもしれない。あの声がなかったら、重兵衛は待ち受けるような真似は決してしなかったのだから。

それにしても、遠藤恒之助の生に賭ける執念はすさまじい。ここまで俺を待ちながら、勝てぬと踏んだならさっさと逃げだす。そうそう真似できることではない。

いや、感心している場合ではなかった。重兵衛は追いはじめた。

遠藤が走りながら刀を捨てるのが見えた。さらに脇差も。逃げると決めた以上、得物など重いだけだといわんばかりだ。

おびただしい血を流し、点々と道の上に印をつけながらも、遠藤の足ははやい。

重兵衛は、うしろ姿がどんどん小さくなってゆくのをあっけにとられつつ眺めた。

道が左にゆるやかに曲がってゆくところにかかった。その向こうは林が邪魔になって、よく見えない。

道が再びまっすぐになったとき、遠藤の姿は消えていた。

重兵衛は立ちどまるしかなかった。血の跡が林に向かっていないか一応は確かめたが、道をまっすぐ続いていた。

すぐにきびすを返す。おそののことが気にかかっている。

林に戻り、おそのの名を呼びながら走りまわった。

どこからか犬の声が届いた。耳を澄まさないときこえないか細い声だ。

重兵衛は声のほうへ駆けた。

しかし見つからない。

「うさ吉っ」

その声に応じて、またうなり声がした。

今度ははっきりとわかった。もっと奥だ。五間ほど先にある背の高い茂みの裏あたりだろう。

重兵衛は駆け、茂みをまわりこんだ。

おそのが杉の大木に寄り添うように倒れている。横にうさ吉がいた。鳴けないように口を縛られている。

重兵衛は駆け寄り、おそのを抱き起こした。

ほっとした。息はしている。気絶しているだけだ。

うしろ手に縛めをされ、そこから伸びた縄が杉に巻かれている。口には猿ぐつわ。

重兵衛は両方ともほどいた。

おそのさん、と声をかけ、軽く頬を叩く。

目を覚まさない。

もう一度叩いた。

うっすらと目をひらいたがおびえたように体を引き、もがいた。

「俺だ、重兵衛だ」

それでも、蜘蛛の巣から逃れようとする蝶のようにばたばたと手を動かす。

「おそのさん、もう大丈夫だ。やつはもういない」

重兵衛は強く抱き締めた。

おそのが身をかたくし、それから力をゆるめた。

「重兵衛さん……」

恥じらいながらも抱き返してくる。

「大丈夫か」

耳元にささやきかけ、両手で包みこむように顔をのぞきこむ。

「あの……」

おそのはもの問いたげだ。

重兵衛は心配ないとばかりにうなずいた。

「やつは追っ払った」

白い額に流れた汗をぬぐってやる。おそのははにかむような笑顔を見せた。

「すまなかったな。俺のせいで怖い目に遭わせた」

おそのは首を振り、重兵衛の胸にもたれかかるようにしてきた。

やわらかな重みに重兵衛の鼓動は高まった。このまま押し倒したい気持ちに駆られたが、さすがにそこまではできない。その代わりにせめて唇を、と思った。

実際そうしようと心に決めたとき、うさ吉がか細い声ながらも強くうなりはじめた。重兵衛が飼い主に狼藉《ろうぜき》をはたらこうとしているのを怒っているわけではなく、放っておかれたことに怒りをあらわにしているようだ。

重兵衛はおそのと顔を見合わせて笑った。

重兵衛はうさ吉に近づいた。口の紐を取り、杉の木につながれた縄を首からほどいてやると、うさ吉は鳴き声を一つあげて甘えてきた。それからおそののもとに行き、顔をなめはじめた。

おそのは黙ってなすがままにされている。

重兵衛は横に置いていた刀を手にした。草原に転がっていた鞘に、刀身に傷一つついていないことを確かめてからおさめる。

これは遺族に返さないとな。

遠藤の剣を受けとめるのに脇差の併用を考えたのは、角右衛門の二本の釣り竿からの着想だった。そして、小手を打たれた吉乃が左手で竹刀を握ろうとしたことが重兵衛に最初の示唆を与えている。

一度しか使えぬという角右衛門の言葉は、遠藤に同じ手は二度と通用しないということをいっていたのだが、確かに一度見られて覚えられたら、二度目は使えない。

勝ったという充実感はあるが、ただし、やはり遠藤恒之助を逃がしたことには悔いが残っている。

遠藤の胸に剣尖を突き立てようとしたとき勢いが鈍ったのは、意識のどこかに躊躇があったからかもしれない。

ここで遠藤を殺したら国に帰らなくてはならない、との。

あの一瞬でそんなことを考える暇などなかったはずだが、果たしてどうだろうか。

はっきりしているのは、これからも遠藤恒之助との戦いは続くということだ。

やつが次にあらわれるときは、もっと強くなっているにちがいない。あるいは、まったく異なる剣を工夫してくるかもしれない。

俺もさらなる稽古を積まねば。

重兵衛は新たな決意を胸に刻みこんだ。

七

ふらふらだ。

傷の痛みはあまりない。これはむしろ悪い兆候だ。血を流しすぎて、感覚がなくなってきている。

それにしても、泣きだしたくなる。こんな気持ちは生まれてはじめてだ。頬に傷をつけられたときだって、これほどは落ちこまなかった。

負けた。負けちまった。

憐れみをかけすぎたか。刀などやらぬほうがよかったのか。

そうすればまちがいなく倒せた。そうしておくべきだったか。

頭のなかをそんな思いがよぎってゆく。

いや、俺の判断にまちがいはない。

くそっ、頭が痛い。寒けもする。吹雪《ふぶき》のなかを歩いてるみたいだ。凍えそうだ。

行きかう連中が、物《もの》の怪《け》でも見るような顔で通りすぎてゆく。

今、いったいどこを歩いているのか。

まわりが暗くなってきた。

もう夜なのか。

いや、そんなことはない。やつと戦いはじめたのはまだ朝だった。


額に冷たさを感じた。

目をあける。目の前に女の顔。

「お麻衣……」

にっこりと笑う。

「気がつかれましたか」

「ここはどこだ」

「おうちですよ」

夜具に寝かされていた。

「俺は帰ってきたのか」

どこをどう歩いてきたか、まったく覚えがない。おそらく、馬が飼い主のもとへ帰るのとほとんど変わりはあるまい。

「もうすごかったんですよ。縁側になにか打ちつけられるような音がしたあと、腰高障子がばたばたっと倒れて……」

「俺はずっと寝ていたのか」

「たいしたことはありませんよ。ほんの丸二日ですから」

お麻衣がほほえむ。

「すごく頑強な体だ、と医者がほめておられましたよ。ふつうの者ならとっくにくたばっていると」

「医者を呼んだのか」

「お頭ですよ」

「乙左衛門どのが来たのか」

ええ。お麻衣が夜具を直す。

「もう帰っちまったか」

「いえ。まだそちらに」

隣の間を示す。

「呼びますか」

お麻衣が立つ前に襖がひらき、乙左衛門が入ってきた。枕元に腰をおろす。

「災難だったな」

そういって顔をのぞきこんでくる。

「もうやる気は失せちまったか」

　恒之助は目をむいた。

「冗談ではない。今回は情けをかけたことでしくじったが、次は容赦なく殺す。二度と憐れみなどかけぬ」

「しかし、今のままで勝てるとはまさか思っておらぬだろう」

「むろんだ。きっとやつを叩きのめすことのできる剣を工夫する。信じてくれ」

「わかった、信じよう」

　乙左衛門が微笑する。

「まあ、そんなにむきにならぬでもよい。今は養生を第一にしてくれ。――お麻衣、頼んだぞ」

　お麻衣がうなずく。

「どれ、恒之助。もう少し寝たほうがいいのではないか。寝ることこそ快復の近道だ」

「まだ礼をいってなかったな」

「なんのだ。ああ、手当のか。礼などいい。おぬしらしくもない」

「少し気弱になったようだ。だが、大丈夫だ。俺はきっとやつを殺す。この手で殺すまでは死んでも死にきれん」

恒之助が目を閉じるのを見届けてから、乙左衛門は隣の間に戻った。

火鉢の前に座り、満足げにうなずく。

あの目のぎらつき。十分すぎるほど闘志が戻ってきている。

あれなら大丈夫だろう。まだ飼っておくだけの価値はある。

飼っておきさえすれば、いくらでもつかい道はある。いずれぼろ切れのように打ち捨てることになるだろうが、利用できるうちは置いておいて損はない。

不意に、恒之助の死にざまが脳裏をかすめた。枯れ木のように横たわり、体の脇にはどろりとした赤黒い池。

ふっと笑いを漏らす。その途端、黒い影が自らの面に舞いおりてきたのを乙左衛門は感じた。

今、自分はとてつもない悪相になっている。これは誰にも見せられない。配下どもですら、怖れをなして逃げ去ってしまうのではないか。

息を吐き、表情をもとに戻す。一人の男の顔が目の前にある。

興津重兵衛、と呼びかけた。

必ず命を絶ってやる。待ってろ。

八

「そうか、吉乃、帰っちまうのか。名残惜《なごり》しいな」

すでに旅姿の吉乃とお以知を見て、惣三郎がまぶたを湿らせる。

「連れ帰ることのできぬ人のところにいつまでいても仕方ないですから」

「そんな簡単にあきらめず、重兵衛さんをもっと説得したほうがいいんじゃないですか」

善吉がいい募る。

「もっともらしいことをいってるが、おめえはただお以知にずっといてもらいてえだけだろうが」

「ええ、その通りですよ。こんなに急に帰るなんて、ひどいですよ……」

お以知はなんと答えればいいのか、困った顔をしている。その表情を見る限り、残念ながらお以知の気持ちは善吉にはない。

「おめえ、なに泣いてんだ。そんなに惚れてるんだったら、一緒に連れてってもらえ。それだけの真心を見せれば、お以知も受け入れてくれるかもしれねえぞ」

善吉が涙をぬぐう。

「旦那を見捨てて信州へなんか、とても行けませんよ」

「なんか、とはどういう意味です」

吉乃がつめ寄る。

「江戸なんかよりよっぽどいいところです」

「江戸よりいいところが、ほかにあるわけ、ねえだろうが」

吉乃が惣三郎のほうを向いた。

「人ばっかり多い、こんなごみごみしたところのどこがいいものですか」

「そうか、おめえは江戸のことをそんなふうに見てやがったのか。帰れ、帰れ。とっとと帰《けえ》っちまいな」

「いわれなくともそうします」

吉乃がくるりと振り向く。重兵衛とまともに目が合った。

「重兵衛さま、これは必ずお母上のもとに届けます」

吉乃がかたく懐を押さえていう。そこには、重兵衛が託した文が大事にしまわれている。

「頼む。——ああ、それから吉乃どのに礼をいわなくては」

「なんのことです」

重兵衛が語ると、自分との稽古が役に立ったことを知った吉乃はとてもうれしそうな顔をした。

「そういっていただけただけでもこちらにまいった甲斐があったというものです。……でも、私などより長坂さまのお力がすごく大きかったんですよね」

「確かにあのお人がいなかったら、今こうしてここにはいられなかっただろうな」

遠藤恒之助との対決のあと、重兵衛は遠藤を討てなかったことを角右衛門に知らせた。まだ戦いが続くことを知って、角右衛門はため息をついたが、力になれるならまたつき合おう、と請け合ってくれた。

「それから、子供たちの師匠をしてくれて本当に助かった」

重兵衛は吉乃に感謝の言葉を述べた。

「いえ、もう駄目です。帰る日がやってきて、本当によかったと思います」

お以知が遠慮がちに寄ってきた。

「あの、お嬢さま、そろそろ」

吉乃が空を見あげ、太陽の位置を確認する。東の低い位置に頭をだしつつあった。

「そうですね。出立いたしましょう」

目を伏せた吉乃が重兵衛を見つめ、そっと口にする。

「あの男に教えてもらいました」

「あの男とは」

「ええ。あの男も、重兵衛さまの一番大事な人が誰なのかわかっていたのでしょう」

小さな声でつけ加える。

「かどわかされたのが私でなかったのが、残念なような、口惜《くちお》しいような気がしました。お母上のことを理由にやってまいりましたけれど、本当は私があなたのそばにいたかっただけのこと」

寂しさを押し隠すようににっこりと笑う。

「では重兵衛さま、まいります」

「ちょっと待った」

重兵衛は呼びとめた。

「ほら吉乃どの、あそこ」

何名かの子供たちが駆けてきていた。お美代や吉五郎、松之介たちだ。うしろにおそのもいる。

「帰っちゃうの」

はあはあと荒い息を吐いて、お美代がきく。

「そうよ」

「お師匠さんを連れてくの」

「あら、まだ知らなかったの。重兵衛さまは村に残られるわよ」

「本当に」

お美代が重兵衛にたずねる。

「ああ、本当だ」

「本当に本当なの」

「ああ、本当だ。どこにも行かぬ」

重兵衛は断言した。

「そういえば」

お美代がじっと見る。

「お師匠さん、目がやさしくなってるわ。もとのお師匠さんに戻ったみたい」

子供同士で手を取り合って喜び合ったあと、お美代は吉乃に向き直った。少し照れくさそうな顔をしている。

「また来てね」

「うん、必ず」

「なんだ、おめえ、江戸なんか大きらいなんだろうが」

「大きらいなのはあなたです」

吉乃がおそのに歩み寄る。なにか耳にささやきかけた。

「なんだ、吉乃、なにいってんだ。いちゃもんか」

「頼みごとをしていたのです」

「ほう、なにを」

「あなたにいう必要はないでしょう」

「ちぇ、けちな女だ。——おい、なんていわれたんだ」

顔を真っ赤にしているおそのは、あわてたように首を振った。

「おいら、きいちゃった」

吉五郎がうれしそうにいった。

「吉五郎、いうんじゃありませんよ」

吉乃は師匠の顔になっている。

「えっ、駄目なの」

吉乃がみんなを見渡す。

「重兵衛さまのことをよろしく頼みます、と申したのです」

吉乃はそれだけいうと、さっと体をひるがえした。深く辞儀をしたお以知があわててうしろにつづく。

重兵衛は、もしかすると二度と会うことはないのかもしれぬな、と遠ざかってゆくうしろ姿を見送りながら思った。たまらない寂しさが心を駆け抜けてゆく。

いや、母に会いに行けば……。

『近いうちに必ず顔を見せにまいりますが、今はまだ帰れませぬ。一刻もはやくお顔を拝見したいのですが、その楽しみは後日にとっておきます。家督は、申しわけありませぬが、放棄させていただきます。ご一族よりどなたか養子をお取りください。どうか、それがしのわがままをお許しくださいますよう。これからますます寒くなってゆきます。お体に気をつけられ、風邪など召さぬようにおすごしください』

参考文献

『江戸庶民の衣食住』竹内誠監修（学習研究社）
『江戸東京歴史探検三　江戸で暮らしてみる』近松鴻二編（中央公論新社）
『江戸の算術指南』西田知己（研成社）
『江戸の寺子屋と子供たち』渡邉信一郎（三樹書房）
『江戸の寺子屋入門』佐藤健一編（研成社）
『江戸・町づくし稿（上・中・下・別巻）』岸井良衛（青蛙房）
『大江戸ものしり図鑑』花咲一男監修（主婦と生活社）
『時代考証事典』稲垣史生（新人物往来社）
『日本人をつくった教育』沖田行司（大巧社）
『間違いだらけの時代劇』名和弓雄（河出書房新社）
『CD‐ROM版江戸東京重ね地図』吉原健一郎・俵元昭監修（エーピーピーカンパニー）

※本書は、中央公論新社より二〇〇四年九月に刊行された作品を改版したものです。

中公文庫

手《て》習《ならい》重《じゅう》兵《べ》衛《え》
刃《やいば》　舞《まい》
——新装版《しんそうばん》

2004年9月25日　初版発行
2017年4月25日　改版発行

著　者　鈴《すず》木《き》英《えい》治《じ》

発行者　大橋善光

発行所　中央公論新社
〒100-8152　東京都千代田区大手町1-7-1
電話　販売 03-5299-1730　編集 03-5299-1890
URL http://www.chuko.co.jp/

ＤＴＰ　平面惑星
印　刷　三晃印刷
製　本　小泉製本

Published by CHUOKORON-SHINSHA, INC.
Printed in Japan　ISBN978-4-12-206394-5 C1193

各書目の下段の数字はISBNコードです。978－4－12が省略してあります。

中公文庫既刊より

す-25-24
大　脱　走　裏切りの姫　鈴木英治
長篠の合戦から七年、滅亡の淵に立つ武田家。信玄の娘・千鶴は、勝頼監視下の甲府から、徳川に寝返った夫の待つ駿河へ、脱出を決行する。〈解説〉細谷正充
205649-7

す-25-25
陽炎時雨　幻の剣　歯のない男　鈴木英治
剣術道場の一人娘・七緒は、嫁入り前のお年頃。ときには町のやくざ者を懲らしめる彼女の前に、怪しげな人形師が現れて……。書き下ろしシリーズ第一弾。
205790-6

す-25-26
陽炎時雨　幻の剣　死神の影　鈴木英治
団子屋の看板娘・おひのがかどわかされた。夫である桶職人とともに姿を消してから十日。七緒は二人を取り戻そうと、単身やくざ一家に乗り込む。文庫書き下ろし。
205853-8

す-25-27
手習重兵衛　闇討ち斬　新装版　鈴木英治
江戸白金で行き倒れとなった重兵衛は、手習師匠・宗太夫に助けられ居候となったが……。凄腕で男前の快男児が謎を斬る時代小説シリーズ第一弾。
206312-9

す-25-28
手習重兵衛　梵　鐘　新装版　鈴木英治
手習子のお美代が消えた⁉　行方を捜す重兵衛だったが……（「梵鐘」より）。趣向を凝らした四篇の連作が織りなす、人気シリーズ第二弾。
206331-0

す-25-29
手習重兵衛　暁　闇　新装版　鈴木英治
旅姿の侍が内藤新宿で殺された。同心の河上が探索を進めると、重兵衛の住む白金村へ向かう途中だったらしいと分かったが……。人気シリーズ第三弾。
206359-4

す-28-1
歴史時代小説　名作アンソロジー　刀　剣　末國善己編
その美しく妖しい魅力は、時に人々を助け、また時には心を狂わせてきた。柴田錬三郎、宮部みゆきなど八人の名手と、八振の名刀が紡ぎだす至上の短編集。
206245-0